U0044617

莽原烈火

楊塵詩集

(2013~2020)

圖文／楊塵

楊塵詩集
02

緣起

《詩經》中的〈桃夭〉:「桃之夭夭,灼灼其華。」
意思是盛開的桃花,美麗妖嬈,像燃燒的青春
火焰。三月的桃花綻放在藍天之下,莽原烈火
詩集以此照片當緣起,當是藉用自己一小把青
春燃燒的火焰重新投入浴火重生的現代詩歌。

序

　　詩歌在中國的發展從詩經、樂府詩、唐詩、宋詞到現代詩，歷經兩千多年，其實從格式上說現在又回到了原點。最早的詩歌沒什麼固定格式，相當自由，以民歌或民謠的形式出現，只是把庶民生活勞作情景以及心中的情感很樸素而直白的表達出來。進入漢代樂府詩後因為詩變成音樂演奏用的歌詞，因此開始有一些簡單的格式，而魏晉期間開始出現詩體，到了唐詩更是工整對仗，律詩和絕句盛行，即便宋詞出現長短句的變化，但依然講究固定的詞牌。直到進入現代所謂新詩或現代詩，以白話來書寫又打破原來詩詞的格式化，回到詩歌的起點，只是以白話來表達的現代詩歌，形式和風格五花八門，顯得相當多元而紊亂。理論上白話詩歌應該簡單易懂，平易近人，但社會形態的改變，其中有一些隱喻抽象模糊，艱澀難懂，反而成為現代詩歌傳播的一大障礙。

　　莽原烈火詩集，是個人在現代社會中所經歷的現實描述，因為往返於海峽兩岸，對

於不同的社會價值亦有所感悟，本著回歸詩
經一樣，把庶民生活工作情景和個人的經
歷，用心中直白言語來表達，其中有一部分
當是對當今社會的省思和國家民族的期待。
正好平日也喜歡攝影，日積月累，竟然也有
許多照片記錄著歲月的風貌，我嘗試著挑選
一些照片來和詩文中的情境互相呼應，也算
是一種新形式的復古，蓋古人是作畫題詩或
在畫上寫文紀要，我是寫現代詩後配上自己
攝影的照片。

　　詩文的內容以及包含的意象有時相當多
元，攝影作品能表達的其實有相當的侷限，
但文字閱讀和照片感官是不同的思維空間，
我嘗試透過這樣的組合，想把這兩個元素融
合成一種時間軸和空間軸的立體交叉思維。

　　詩歌雖然不同時代有其風格和形式，但
說白了詩即是心中言語，當我們歌詠風華，
吟唱歲月，人生的歡樂與憂愁本身就是一首
詩，幾千年來詩歌的本質從來不曾改變。

　　　　　　　　2021.5.4　楊塵　於新竹

莽原烈火詩集目錄

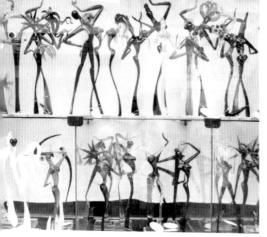

人生如歌

當我們歌詠風華，吟唱歲月，
人生的歡樂與憂愁其實就是一首詩。

卷一
青春往事

一條冰封的河流

穿過無數高山和峽谷
我的行腳已是季節闌珊的跫音
像個匆匆趕路的旅人
需要停歇一處安靜的旅店

於是一夜之間
一顆心變得冷靜而透明
不想再遊走和翻覆於塵世的躁動
整個身軀開始僵硬而清澈
不用再沉浮於人事和歲月的漂移

沿途寒風　吹不皺
我臉上晶瑩的雪花
曾經夏日招搖的水草
悄悄地入眠在黑夜堅實包裹的河床
而兩岸落花和枯葉
不會再沉沒於往日隨波嬗變的心底

一隻早起的畫眉叫醒滿山杜鵑
花開的時候　我仍是一位疲憊的旅人
而我的心已是
一條冰封的河流
不願再邁開流浪的步伐
儘管春天頻頻催趕上路

2014　上海

把自己還給江南

對坐垂柳岸邊　無語
水面的倒影　宛如桌前的碧螺春
一樣翠綠透澈
誰要先開口　說起
駐留一座城市的理由　以及
未來　何去何從
是　微雨的煙柳　晨曦的荷塘　疏桐的彎月
還是　雪霽的臘梅
是　明前的龍井　初夏的鰣魚　菊月的毛蟹
還是　寒夜的紹興

其實我們都明白
物質的放棄　就意味著
一種精神的分離
偶有小船的搖櫓蕩漾著
這樣平靜的午後
好像水過無痕似的　順手載走了
所有的歡樂與憂愁
倚在長廊臨河的圓柱　一人一根
併行的身影揉碎在斜陽的波輝裡
如夢如幻

下雨了　同心圓漣漪的臉孔
水中分分合合
方桌前　遞給你一杯剛沏的清茶
算是回敬　蜻蜓受飲蓮花甘露一樣的宿緣
還給你　所有歲月共同走過的城市
我只想把自己還給
細雨黃昏的江南

2014　上海

註：龍井（西湖龍井，以清明前採收者最佳）

紹興（紹興黃酒，中國黃酒南方的代表）

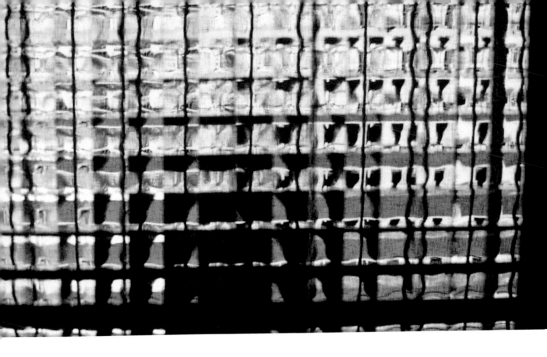

放下一道時間的柵欄

如果有一道柵欄
可以把時間隔開
我想打開屬於快樂的時刻
並牢牢緊閉那痛苦的區間
像許多可控的壩堤　截斷
一條光陰的河流

快樂的時刻　其實也收藏著
虛榮　貪婪　私慾　以及
自稱善意的謊言
只是當時沒法　放入
一把青春的篩子
——仔細過濾年少的輕狂

痛苦的區間　忠實地保留著
卑微　堅毅　磨難　以及
被忽略的幸福
只是當時沒能　拾起
一隻沙灘的號螺
——吹響心底大海的秘密

我放不下一道柵欄
區隔過去的快樂與痛苦
就如同現在
也放不下一道時間的柵欄
阻擋在前方等待我的
一頭　未知與死亡
化成的猛獸

2014　上海

吻

當兩束目光的交匯成為同軸
一切的言語遂已多餘
我們乘著各自的小舟
緩緩駛向約定的河口
兩條河流的交匯
形成一個湧動的漩渦
兩葉扁舟的糾結
捲入極度危險的暗潮
急流洶湧中
抓著迎面拋來的纜繩
攀上你的小舟
起伏的波濤一路奔向峽谷
風平浪靜之後
才悄然發現
自己剛剛成為一名俘虜

2014　上海

楓葉

夏天其實並沒離開
只不過把它蓄積了一季的熱情
藏在我的身軀
好在這個季節到處燃起火焰

我其實並沒喝醉
只不過像初次飲酒的少女
雙頰泛著落日的雲彩
微醺的腳步
在風中凌波漫步

北國已經派遣風雪前來招降
愛我的人啊！
帶我逃走吧！
趁著午後湛藍的天光
你可以仔細端詳我豔紅的面容
蹙眉而憂愁
如果你要離去
請把我仔細藏好
藏在我們初見的時候
那篇鬧著你心底秘密的書頁

2014　上海

古鎮

一條緩緩流動的小河
是古老文明體內淤積的腸道
飄搖的水草中間
悠游著歷代繁衍下來的鯽魚
水底泥沙匍匐的田螺
是時光掩埋過後喧囂退縮的觸角
斑駁的戲台淺唱著昔日的歌謠
拱形的石橋
彎弓著歲月滄桑的脊梁

朝代更迭之後
被歷史遺忘的小鎮
隱匿在發黃的一張版圖的邊緣
家道中落的後裔
遷徙去遙遠的城市
踽踽歸來的腳步
卻是一張張陌生過客的臉龐

把前朝往事　一一散落
在巷弄與院落的斜影裏
走過春天的繁華
你若見河面上
一樹苦楝低頭花開
鏤空的木窗邊
清晨的波光裏
曾經有我輕妝淡紫的容顏

2014　上海

寒冬

哦！　親愛的
你是如此的緘默
一個人走著
在一座獨兀寂寥的深谷

哦！　親愛的
你的手是那樣潔白和冰冷
雪花長在你的瞳孔
朵朵晶瑩而剔透

哦！　親愛的
我感覺你的腳步
越陷越深
好似埋在鹽堆裏的一隻小蟲
無力地蠕動著漸漸脫水的形骸

哦！　親愛的
我看到了　你腳底磨蝕的傷痕
你一定來自很遠的地方
可我不知你的名字

哦！　親愛的
進來烤火吧！
你看這個季節如此地霸道
把一切抹成白色
又堅持要禁錮所有的渴望
渴望像一股泉水
一旦湧出　傾刻就會凍結的

哦！　親愛的
也許你還掙扎著想要匍匐前進
可是這茫茫天地啊！
距離春天還很遙遠

哦！　親愛的
我聞到了你滿身風塵的倦意
而你的頭髮像黑夜漂泊的流雲

哦！　親愛的
讓我扶你進來吧！
你的衣裳驚人地單薄
而你的身軀又是如此地沉重

哦！　親愛的　可能晚了
黑夜糾纏著白雪
你的心跳已經開始凍結
一定是又想起了什麼

哦！　親愛的　你可能忘了
當我們走入這個季節
除了把自己從外面緊緊地裹好
心裡一定要烘乾得一滴不剩
包括
垂死的愛情

2014　新竹

青春的尾巴

妳是一朵寂寞的苞蕾
開在城市的夜晚
暗香浮動
如果不是季節的風向
觸動了我的嗅覺
我就不會仔細地在四周把妳尋覓

妳是一個羞怯的精靈
像一隻色彩斑斕的石龍子
躲在幽暗的石縫
如果不是我的腳步
驚動了妳的洞穴
妳就不會慌張逃逸出自己的領地

可是朋友啊！
為何我悵然若失
內心的迷茫一直無法褪去
只因我們的初遇
妳只留下　一截
青春的尾巴　帶著疼痛
短暫而躁動

2014　上海

青春往事

我的青春往事
是耳墜銀光瀲灩的笑容
是高跟鞋流蘇蕩漾的腳步
我的青春往事
是夾腳拖街廊拍地的蹬音
是眼簾粉紫迷茫的回眸

昨日的
盼望　夢想　期待
在幽暗的夜晚燃燒
暗藏的
憂愁　迷惘　惆悵
在喧囂的街角徘徊

歲月模糊了年少
容顏迷惑了過往
清早　葡萄酒的殘杯　窗前
嫣紅如昔
遠處柳色青青
寂寂的東風是泛舟江湖的繩解

咦！
是誰翻開了昨夜未闔的舊卷
我的青春往事
是秋日丁香的凋萎
是三月海棠的花開

2014　上海

想對妳說的話

一直醞釀著一些心事
在這離別前夕
想對妳說的話
情怯紛亂像黃鸝徘徊在春天的枝椏

也想要像個漢子
想對妳說的話
把整條腸子全翻出來
像水流奔湧在曠野的溪谷
可心底吶喊了整個夏季
卻激動得說不出一句

沉默只是暫時
想對妳說的話
像秋風飄蕩在山林
而滿腦子的辭語
竟散落一地
如晚霜凝結於枯黃的葉尖

忖度不知多久了
終於鼓起勇氣
試著做最後的表白
只是此刻
沿途的風雪已經太大
想對妳說的話
凍結在　一截短短的咽喉
那條　已然冰封多日
迷濛而遙遠的路上

2014　上海

愛情的傷口

我的疤痕是往事的結痂
時間遺留下來的
褪色彩繪
裡面糾結著過多的疙瘩
以至於一直無法撫平

從不示人
這儼然長在心窩上面的
花蕊
雖然早已凋謝滿地
但只要春天一到便又日夜滋長
並且向陽綻放

作為一枚自己永遠的印記　　　　　　偶爾也會想起一個美麗的季節
我知道那裡埋藏著一段　　　　　　　縱使　現在
歲月風雨的記憶　　　　　　　　　　愛情的傷口
因此　每當　　　　　　　　　　　　看起來有點醜
獨自一人　眺望雲天
秋陽撫過身上昨日枯萎的枝椏　　　　2014　新竹

影子

冬季的午後
和一杯咖啡一起
癱坐在一張公園的鑄鐵椅上
天空一片迷濛
哪裡都不想去

陽光虛弱地把我的軀體
斜斜拉倒在青石板的地面
凝視著自己慵懶的影子
有一種說不出來的惆悵

影子望著我鬱悶的眼神
對我說
感謝你在這種霧霾天氣
還帶我出來曬太陽
這讓我感覺
不像待在室內那麼陰冷
而且
重點是　看起來
沒有平時那麼黑暗

2014　上海

春天的令牌

黑夜
已經下了一個宵禁令
風在枝頭鞭抽
拷問少數幾個頑固的逗留者
貓頭鷹巡邏在帝國白色的土壤上
隨時準備逮捕日落之後的反抗者

不敢出門
總是緘默地守著少女的貞潔
如同霜雪冰封著所有溪流的出口
作為待嫁的新娘
我是不能失約的
一直在等著反抗軍的信號
脫掉偽裝的盔甲
露出尖銳長著銅綠的矛
踏上他們前來迎親的馬轎

但我不會輕易掀開額前
罩了整整一季雪白的頭紗
除非確認他們領著
春天的令牌到來

2014　新竹

春雨

春天拉開穹蒼的幕幃
哺育大地清澈的乳汁
溪流邁開輕快的腳步
奔跑在青翠的原野

乾旱的麥隴　等在那裏
飢渴的稻田　等在那裏
煙柳的江南　等在那裡
油紙傘上盛開的紫藤
高高地等在那裡

而我是荷葉上一隻探頭的青蛙
一直安靜地等在這裡
等待花開
等待結果
等待你滴滴答答
仙女下凡一樣
婉轉的回答

於是　我盼望春天
盼望絲綢般的雨簾
盼望露珠布滿臉龐
盼望
妳從遠方捎來的消息
不斷在我湖心泛起的漣漪

2014　上海

自己的路

望著別人走過的路
驚奇　歡樂　或者荒涼　落寞
而我手上抓住的是
一把黃沙　一片花瓣　還是一塊寶石
放手的時候
是飛逝遠方　是落在腳下　還是停在掌心

多少次　我曾想循著他們的足跡
去看看那些　成功　失敗　榮耀　與滄桑
於是走過城市與鄉鎮
穿梭在人群各種喜悅　憤怒　得意　或憂愁的臉孔之中
跋涉高山與曠野
聽著小鳥的歌唱與流水的低語

越過繁花盛開的盡頭
有一天在無人的岸邊撿拾一粒大海遺留的貝殼
一張被波濤日夜打磨過
蒼白似的臉
被我拾回窗邊的榆木桌上
當晚月光靜靜地撫著她的臉龐
我用耳朵貼近的時候
她彷彿對我輕聲說起
一個人曾經單獨走過世界的足跡

2014　上海

酒醉的人

酒醉的人
心中有一個緊閉的黑盒子
每次喝多了
我總想幫他打開
一探那裡面的秘密

酒醉的人
喉嚨有一條狹長的山路
每次喝多了
我總想幫他駕御前行
一探那裡面的秘密

酒醉的人
眼裡有一泓幽深的潭水
每次喝多了
我總想幫他划槳泅渡
一探那裡面的秘密

酒醉的人
手上有一杯歲月的流觴
每次喝多了
我總想幫他啜飲一口
一探那裡面的秘密

酒醉的人
在醉倒之前終於說話了
朋友！
我告訴你一個秘密
歲月的流觴已經沉沒
幽深的潭水已經乾涸
狹長的山路已經堵塞
而最糟糕的是
黑盒子的鑰匙
已經被我遺失

2020　新竹

女人的腳

人類進化的起點
從四肢爬成兩隻
窅娘以三寸金蓮
在南唐後主李煜的舞台
從採蓮女跳成寵妃
也從雕欄玉砌跳進落花流水

馬皇后的大腳
隨朱元璋踏遍大明江山
卻撐起一個朝代開國的重擔
然而程朱理學的裹腳布
又讓女人蹣跚的步伐
越走越窄
直到
徐志摩的西裝
把張幼儀的小腳
遠遠的甩在舊時代的荒野

含苞的白蓮花
夜晚的一弦新月
迴旋如凌雲曼波
征戰如風火輪轉
一雙封建社會量身定製的小腳
婉轉在男人尊嚴萎縮的心口
卻步履蹣跚地承載著
歲月的美麗與哀愁

橫跨
歷史千年的鴻溝
太大不行
太小不行
然而
到底適合一個時代的尺寸
是男人決定　還是
女人決定
是腳決定鞋　還是
鞋決定腳

2014　上海

春天

春天　以蝴蝶的翅膀飛來了
　　　　五顏六色
春天　以花朵的蓓蕾開放了
　　　　妊紫嫣紅

　　　樹葉換了新衣
　　　麋鹿長了新角
　　黃頭鷺披上了潔白的冠羽
我的心是荒蕪塵土冒出的綠芽

　　　青蛙在水塘歌唱
　　　鳥兒在山澗合鳴
　　柳條搖曳在微風的柔波裡
我的心是溪水流淌蜿蜒的節奏

春天　以竹筍的節目增高了
　　　　蒼翠挺拔
小孩　以賀爾蒙的速度長大了
　　　　青春洋溢
　　　鯨豚在海上跳耀
　　　牛羊在草原追逐
我的心是四月南風湧動的波濤

2014　上海

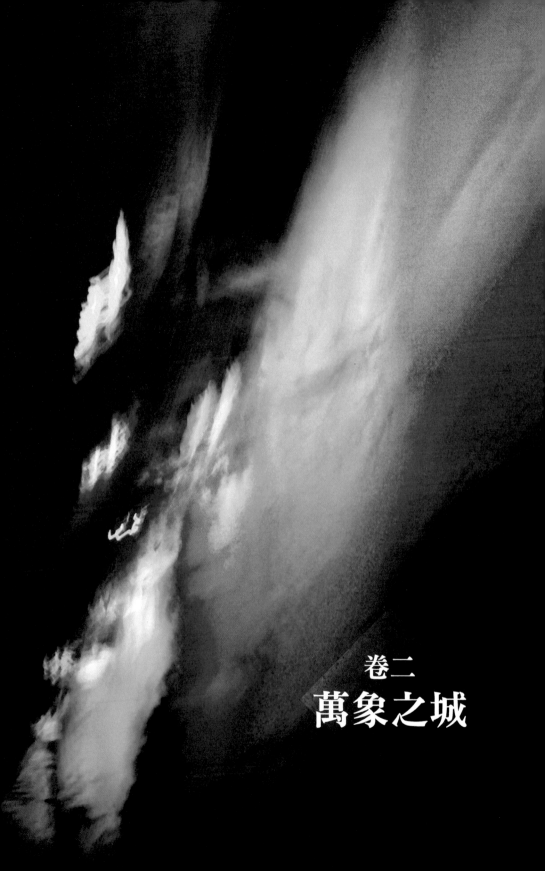

卷二
萬象之城

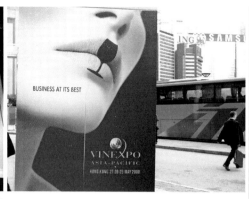

萬象之城

困在萬象之城久了
陌生的一切變得熟悉
再也不想掙扎
可能一顆漂泊太久的心
疲憊了
以至於塵世層層堆疊的包袱
變成了入眠需要的一床被褥

2018　蘇州

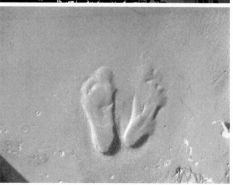

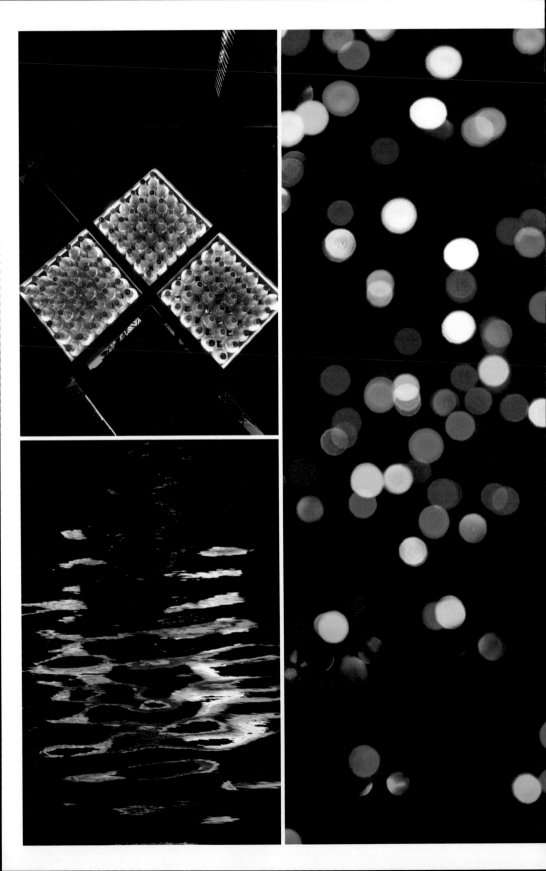

末日狂歌

這不是屈原跳汨羅江前的吶喊！
也不是李白潛入長江時的噫呼嘘！
其實更像劉伶和阮籍
醉死前喧囂的酒語　或者
深夜摩托車排煙管
集體火爆的怒吼

我們不像春天的桃花那樣安靜落地
也不像秋天的銀杏悄悄離枝
不像畢業的驪歌那樣憂傷吟別
更不像低沉的晚風呼嘯高樓的轉角

我們是一群城市精力過剩的夜犬
雜亂躁動地在 KTV 盡情咆哮
酒精是添加體內的高效燃油
房間的分貝足以癱瘓跳蚤和飛蚊
喇叭音箱震得似乎有點力不從心
而麥克風的電池早已換過兩回

這裡不用輕聲細語
不用正襟危坐
不用客套寒暄
更不用正經斯文　今夜
這裡是個哀悼青春之死的祭壇
每個人都要卸下多餘的偽裝
那些　無用的精力　生活的委屈　愛情的創傷
那些　工作的不滿　心中的迷惑　人際的無奈

甚至　鄉愁的惆悵　前途的茫然　以及
對社會的不滿與世界的失望
統統在此打包
丟入　這熊熊燃起
已經烈火赤焰的熔爐

來吧！　趁這入夜的祭祀慶典
已經如火如荼
此刻　儘管放浪形骸
儘管引吭高歌
聲嘶力竭的顫音裡
攪揉著我們的熱情　汗珠　與淚水
而逝去的歲月如同灰白的餘燼
不再回頭聆聽
一曲曲　已經搖搖欲墜的
青春末日的輓歌

2014　上海

自從發明了手機

自從發明了手機
我們的世界變得很接近
仿佛一切都壓縮了
壓縮到　只剩
嘴唇與液晶面板的間隔
眼睛與顯示屏幕的間隔
耳朵與迷你耳機的間隔
以及
壓縮得　只剩
各種姿勢的彈指之間

昨夜
我們已經預約的夢想停留在
尚未打開的留言
想對你訴說的言語
壓縮在各種圖案的應用程式內
而比鄰而坐良久的沉默
雙方都找到了　自己
可以一手掌握的出口

自從發明了手機
我們的世界變得很遙遠
想親口當面說出的話
透過千萬公里的電波
飛越雲霄到達你機殼冰冷的耳際
所有心中的秘密隱藏在
一個需要解碼的鐵盒

自從發明了手機
你的身影是一個虛擬的
飄忽不定的畫面
我們的親密關係
全靠一塊扁薄發熱的電池
而天涯海角的誓言
隨時可因餘額不足而中斷

自從發明了手機
我們每天不斷充電的
所有訊息　都是延遲的聲音與畫面
強大的記憶體
巨細靡遺的存封著
過去的事件
現在的動態
與未來的夢想
其實　我們早已記不得
彼此多久不曾再見

2013　上海

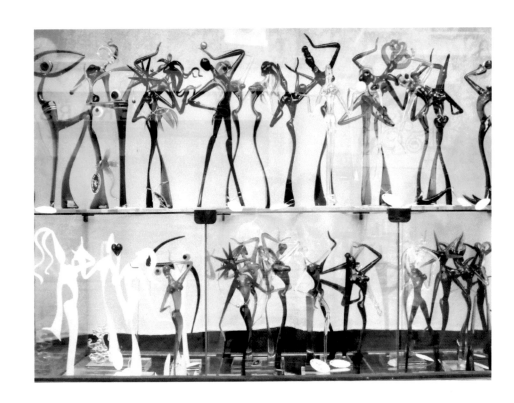

政客

太多人寫過妓女
我不想再寫
太多人描述過演員
我不想再重複筆墨
只想仔細地來論一論
政客

我觀察了一輩子
只得出一個五個字的結論
妓女加演員
或者　換個性別
政治皮條客

2014　上海

賽車手

引擎的怒吼　標示著
心臟砼浦加壓的聲音
煞車盤的尖叫　只是
血液沸騰的開始
一條跑道的直線加速
是腎上腺激素飆高的指標

時速四百公里的門檻
讓生物機能　挺進
原始本體的極致高潮
然而　彎道的超越
才是真正　一場
勝負與生死決戰的起點
香檳　桂冠　獎金　都不是
最後我想要的賞賜

每次爭道
總和死神擦肩而過　於是
一條漫長沒有終點的跑道
空蕩蕩地在眼前鋪開
最後只剩下　我和一個
畢生我最想超越的
名叫自己的敵人

2014　上海

上班族的一天

早晨
一隻豹子
從洞穴鑽出
撕咬事先肢解好的獵物
關入垂直下降的鐵籠　放出
找到一個地洞入口
關入水平移動的鐵籠　放出
找到一個登山口
關入垂直上升的鐵籠　放出
白雲在頭上飄過

找到自己固定的洞穴　鑽入
白天　把文件　盒飯　郵件　報紙
用利爪撕裂後一起吞噬
黃昏　從白天的洞穴鑽出
找到一個下山口
關入垂直下降的鐵籠　放出
找到一個地洞入口
關入水平移動的鐵籠　放出
各種夜行動物摩肩擦踵而過

晚上　找到自己的領地
關入垂直上升的鐵籠　放出
回到自己的洞穴　鑽入
找到洞穴內冷藏的獵物
和著電視螢幕　狼吞虎嚥
偶爾望著外面
撐開下垂的眼皮
星星在頭上閃爍

2014　上海

拳擊手

站上擂台之前
我每天都在幻想著
如何摧毀這個世界

幻想著
用手打爛一個綠皮西瓜
爆裂出鮮紅多汁的漿果
幻想著
拿著裝滿葡萄酒的水晶杯
狠狠地摔落在花崗岩上
幻想著
狂風咆哮著枯萎的白菊
在滿天飛花中高唱著悲涼的輓歌
幻想著
駕著轟炸機攜帶一顆超級炸彈
在烈焰狂火之中摧毀敵人的堡壘

一旦站上擂台
我沒有任何幻想
突出的左勾拳與右勾拳
只是一個機械式的幌子
台上我不想說話
專注在人類搭建的
現代鬥獸場　只企圖
讓對方雪白的牙齒如何脫離鮮紅的嘴巴
讓對方腦漿如何濺出一頭猛獸的太陽穴

一旦站上擂台
我知道買票的觀眾
並不是來看比賽的
其實他們
只等著一個結局
永遠只等著
一個毀滅者和另一個被毀滅者
不是　毀滅這個世界
便是
被這個世界毀滅

2014　上海

站在風中的老頭

站在風中的老頭
更多時間是蹲在市場外的街角
永遠只占據　方圓五十釐米
凹凸不平的鋪磚地面
蹲在地面的老頭
從不主動兜售
除了淺淺的笑容
麻袋裡只有薑和蒜頭
你若彎下腰來　或者
蹲下和他一樣的高度
他會分享他所知道的生活滋味

白皮蒜　香
紫皮蒜　辣
嫩薑適合炒菜
老薑適合煲湯
拎著麻袋的老頭
徘徊在遠遠的路口
城管在盡責地掃蕩他的地盤
安份守己的老頭
總是蹲在違規的固定角落
默默地養家糊口

站在風中的老頭
有一天　消失了
消失在市場外的街角
消失在方圓五十釐米的地面
消失在律法的邊緣
挺著腰　除了沒有自己的攤子
一輩子不曾越位

2014　上海

真假乞丐

　　路過人民北路
　　司機停車在紅燈路口
有個頭髮稍顯髒亂的中年男子
　　在車窗旁示意乞討
　　我請司機給他兩塊錢
　　司機有點不太情願地
　　從窗縫丟出兩枚硬幣
　　並說　此人是個假乞丐
　　這種人他看多了
　　要我以後不要受騙

男子彎腰半跪地面撿拾硬幣時
　　路口號誌燈由紅轉綠
　　　激動的輪胎
　　從此人滄桑的臉旁滾過
我責難了司機的舉動　並問說
換作是你　你會冒著生命危險
　去撿拾區區兩枚硬幣嗎？
司機說　此舉　打死了他也不幹

　　我說　那就對了
　　假如你是一個假乞丐
　　你就不會那樣幹了
我說　其實不管那人來歷如何
　　他來乞討的那一刻
　　就已經是一名真乞丐了

2014　上海

舞者

血液在奔流
流成一條蜿蜒的河流
骨骼在移動
移成一座高聳的山峰
肌肉在擺蕩
蕩成一排江岸的楊柳
頭髮在旋轉
旋成一個午夜的風暴
趾尖一個支點
支起一座世界的舞台
手指一個比畫
畫出一片絢爛的雲彩

肢體大部分時間
演繹著　不規則的
流體力學
眼神一勾一勒
牽動著　愛慕者的
心頭小鹿

不停地練習　跳躍與旋轉
永遠是地心引力堅決的反抗者
而舞台上　她的意志早已是
一隻鳥的飛行　或者一雙
蝴蝶歌頌春天的翅膀

2014　上海

網路夜戰

夜貓安靜地瑟縮一隅
星星開始逐漸隱退天空
一群野狗遂於電線的末端
開始對著螢幕興奮地狂吠

任憑暗潮洶湧
海底電纜依然靜靜地躺著
不能和月色爭輝
人造衛星只能在太空軌道
默默地轉圈
不同意見的口誅筆伐
只是不同按鍵敲擊的盤上用兵
所有各種思想的陳述
也不過是大小電流變化
的頻率發射

早一點回窩　卸下面具
或許還能夢見　白天
一根泛著油光的骨頭
煙硝的腦細胞　因此還有機會
回復到出征之前
原有的英姿

吼……汪！　汪！
疲憊不堪的各路野狗
對著天邊
把還在掙扎的最後幾顆晨星
一併叫落

2014　上海

股神之死

股神走了　五十四歲
不是巴菲特
而是國中同學　小槓子
早年經營鐵工廠發了一些小財
後來經濟發展投身股市
股海浮沉二十年　不曾滅頂
是我們同學心目中的股神

告別式上
我沒有太多哀傷
倒想起了　他生前的一些瑣事
賺了錢　買了房　除了開一輛好車
也不追逐什麼名牌
吃飯請客倒也真誠
喜歡點一些懷舊老菜
如同懷念學生時代的情誼

不過他最喜歡的　還是
電腦螢幕上一檔檔股價的走勢圖
那些上下起伏　跳動不定的小槓子
尤其紅色小槓子豎起時
人就像吃了興奮劑
有一種莫名的快感
據他形容　此種刺激
很像吞下整顆鮮紅的朝天椒

如果不是因為他生前低調
這個場合應該送他一方輓聯
功在股市
隨著祭拜的人群
一波一波地散去
道士咒語的餘音依然空中迴盪

我感嘆之餘　其實
有點羨慕他人生的結局
就在他心臟病驟逝的當時
加權指數是一條美麗的曲線
各檔股價剛好豎起許多小小的紅榾子
而他這輩子剛好結束在
一個永恆的漲停板

2014　新竹

註：巴菲特（美國投資家，號稱世界股神）

稻草人

我已年老
而且如此虛弱
生鏽的鐮刀
割不動金黃的稻穗
狼蹌的步伐
抱不動一束空心的稻杆
打著赤腳　抱頭
坐在一條貧瘠的田埂上
上天甚至不肯賜下一片烏雲
憐憫烈日對我的烤曬

成群麻雀的搶食
標誌一座城池守衛的潰敗
我已無力站起來一一反擊
那些嘲笑的叫聲以及狡黠的背影
落日的餘暉
照映一個滄桑彎拱的輪廓
我堅守著一片沒有穀粒的稻田
像豎立荒野的一塊幽暗墓碑

隔鄰的土地沒人耕作
卻沒有一隻飛鳥敢入
我回首一望
荒蕪的田地上插滿著
迎風飄搖　裝腔作勢
肚子撐得鼓鼓的稻草人

2014　上海

狩獵者

午後
一夥人配備著
工業革命的產物
步槍和吉普車
馳騁在焚風似火的原野
一路歡呼著新擄獲的戰利品

一對上弦月一樣　明亮潔白的象牙
二隻一大一小
青黑色剛挖的筍子似的犀牛角
車上還殘留著　生猛的靈魂
最後掙扎的猩紅眼淚
此刻　每個人眼角布滿的血絲
如同這遼闊草原日落的殘紅

車子故障在夜幕降臨的開始
夜行動物出沒的時刻到了
到處搖晃著一對對
綠寶石般美麗的瞳孔
斑點獵豹　是這場狩獵的
發難者兼還擊者
文明的步槍和野蠻的爪牙
在原始的夜空下　展開一場
狩獵者與被狩獵者的
集體對決

騷動的夜空　開始吹起腥膻的晚風
獵豹正用尖牙撬開一條溫暖的血管
好像要猛力吸回草原曾經流失的水份
土狼　等著隨後加入
一場混亂搶奪的生存遊戲
一頓文明獻上的鮮活祭品
晨曦
陸續喊醒大樹上酣睡的禿鷹
彎勾的利喙正清理著最後的殘骸
而唯一的任務是
集體恢復草原乾淨的風貌

如同
微風吹拂著鮮綠的樹葉
陽光照耀著豔紅的花朵
羚羊　花鹿　斑馬　水牛　角馬
低頭咀嚼在各自安靜的領域
此時
文明的狩獵者
已消失在空曠的原野上
而原始的狩獵者
正埋伏在濃密的草叢中

2014　新竹

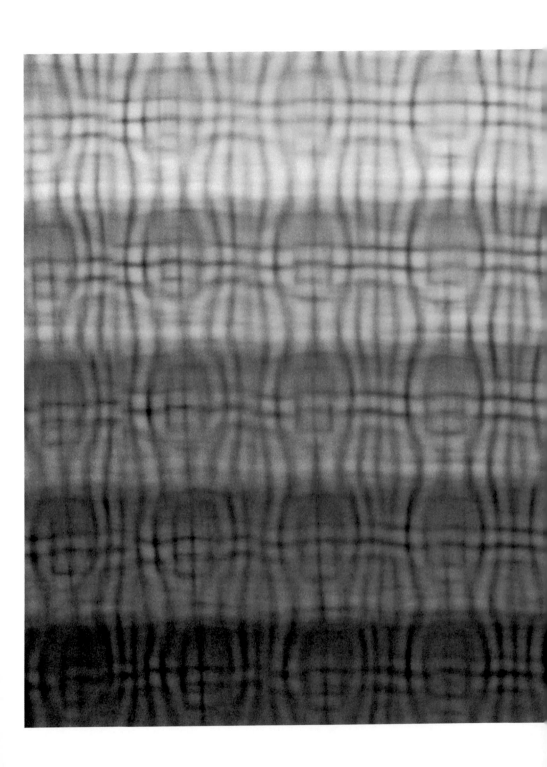

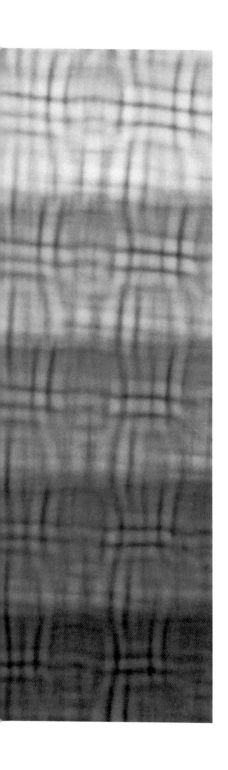

謊言

一個虛幻的構想
透過一種似乎完美的設計
因為不是一種真實的語言
用反駁的言語沒法擊敗它

這樣包裹著黃金的面具
利劍無法砍斷
鐵鎚不能擊碎
而樊籠的禁錮也是無能為力
好像用一切實體去摧毀一個虛無
是多麼徒勞無功啊！

面對一個堅不可摧的對手
揭不開一個美麗的幻惑
我是如此無奈地
掩頭哭泣　在一個
高明演說家的台下

但我聽說　謊言是一劑
無色無味的劇毒
一旦說出了口　不能再嚥回去
否則便會　暴斃而亡
沒有解藥

2014　上海

名嘴

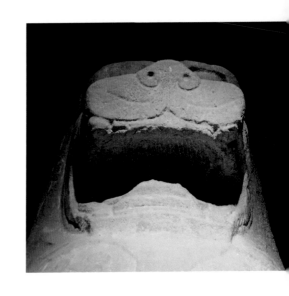

一群饑餓嗷嘯的鬣狗
號稱非洲草原二哥
在節目廣告之後已迫不及待
準備分食主持人放出的獵物

套路還是有的
先鎖定目標
於是把人貶為動物
然後冷嘲熱諷
接著加油添醋
幸災樂禍
最後落井下石
集體霸凌

不過不管圍在攝影棚中的　是
斑馬　羚羊　大象或小鹿
做為嗜血野獸
一位電視名嘴
不論公的或母的
必須熱衷腐嗅
獵殺　必從
噬咬對方的肛門開始

2020　新竹

卷三
夜的獨白

夜的獨白

白晝裡　有太多的東西
不屬於我
陽光的溫度
流雲的形狀
花朵的顏色
或者
午餐的菜色
發言的聲調
工作的內容
以及　時間的支配

白天　　我謹守著自己的寂寞
並緊握著時鐘的轉針
而那是不能鬆手的
因為暮的降臨
把我緩緩升向轉盤的頂端
退出白晝舞台的各款臉孔
紛紛酣睡而去

現在　輪到我開始呼風喚雨
主宰這個宇宙
月色　星光　銀河屬於我
山崗起伏的輪廓　屬於我
夜蟲的唧聲　屬於我
夢的城堡　屬於我
沒人管我　抽煙　大聲講話
胡思亂想

或者
站在燈火幽黯的陽台
放飛一片擱淺的枯葉

黑夜　我忠誠的夥伴啊！
我壓抑著白天的沉默堅守我們日落之後的盟誓
直到黎明的叛軍出現
擄走我不願離去的靈魂

2014　上海

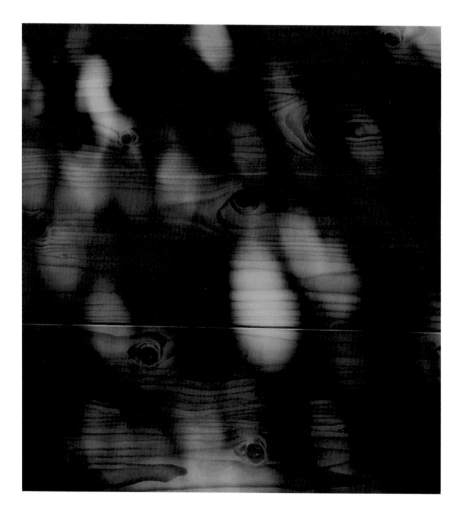

荒野一匹狼

沉默於蜂蝶的騷擾
沉默於砂礫的風化
沉默於白晝的單調
我枕臥胡楊落葉鬆散的陽光
舔舐著自己風霜的皮毛

飢渴著黃羊的風騷
飢渴著血液的鮮美
飢渴著追逐的快感
我日夜追蹤雪地美麗的腳印
嗅聞妳身軀豐腴的味道

月的升空

只是原始基因漲潮的開始

滿月的圖騰

才是狩獵慶典祭祀的高潮

仰天嚎叫　不用避諱一顆野心

整個曠野可以明鑑

我的企圖

吞噬黃羊一樣虛弱的文明

拯救和我一樣血性的人類

嘴巴嚎叫著樊籠的囚困

咽喉嚎叫著繩索的捆綁

血液嚎叫著棍棒的鞭打

內心嚎叫著利刃的宰殺

而靈魂嚎叫著

虛偽的紋飾對我肉體的分食

佇立在每個寒夜的山頭

孤獨而高傲

除非　羊的消亡

月的隕落　或者

文明的崩解

使人意志沉默

永遠

我是不停嚎叫的

荒野一匹狼

2014　新竹

黑夜

妳身著低調而高貴的衣裳
多麼有別於那奼紫嫣紅的華服
多少次與妳攜手前行
在入暮的小路　一條
通往一個沒有顏色的領地
遠方次第亮起的高樓燈火
不停地向我招手
我都不曾回頭
他們始終不能了解
我正是要褪去　一座城市
裹滿我全身的印記

就算貓頭鷹犀利的瞳孔
探照在這條安靜的森林山徑
也找不到我的蹤跡
這裡一切是如此的自然而單一
風吹過時　不帶任何聲響

現在的思維　沒有顏色
過去的記憶　沒有顏色
未來的一切　更是一片暗啞

多年的夢幻　在我來時的地方
充斥著太多的荒謬　以及
令人疲憊的色彩
而我　需要妳
把我此生彎拱的彩虹
一層一層　撫平　褪色
像一條鬆軟的圍巾
繫在純色的脖間
直到把我完全隱入
妳黑色的斗篷之下
一個純粹的屏蔽
荒蕪人煙
沒有形體　沒有雜訊
沒有意識
肉眼不能發現
耳朵不能聽覺
鼻子不能嗅聞
而且
任何欲念
都無法想起的地方

2014　上海

我的夢想還在不斷擴大

我的夢想
從小時候的一根棒棒糖開始
然後變成一隻小鳥
後來　不斷擴大

曾夢想
是一隻蒼鷹　飛翔青天
如今它變成了獵人頭頂的炫耀
曾夢想
是一隻海豚　遨遊大海
如今它變成了饕客嘴上的美味
曾夢想
是一隻獵豹　馳騁原野
如今它變成了貴婦身上的奢華
曾夢想
是一隻老虎　睥睨群雄
如今它變成了動物園鐵欄中
經常被扔石欺負的大貓

這一切主要還是歸咎于
自身的夢想不夠強大
而我熟讀歷史
不敢回到過去的夢想
回到一隻遙遠的巨龍
一個帶著創痛與屈辱的圖騰

於是　我開始超越過去的夢想
變成一陣颱風或地震
一場海嘯　或者
一個星球的爆炸
甚至
是一次宇宙的大霹靂

我的夢想不斷擴大
擴大到　一個混沌的初始
無際無邊
我的夢想
一隻沒有尺寸的鯤鵬
還在不斷擴大

2014　上海

未知

用力想像
飄蕩於狂風怒吼中的雪
墜落在湍急水流裡的花
困在一座摩天大樓停電的電梯
睡在天花板吊著大燈的床上
開車橫越二月冰封甦醒的黃河
抱著一頭已經長大
帶著狼基因的小狗

航行海上失聯超過九十九小時的飛機

未知
思維的一種拋錨
你一直在地面向上張望著的
一顆懸在崖頂危危欲墜的巨石

2014　上海

路燈

一盞暈黃微亮的路燈
似乎是這條靜寞小道
唯一的夥伴了
以至於　深夜
一個步履蹣跚的醉漢
也像那路過的流浪狗一樣
傾吐內心深處的不快
也想找一個
可以倚靠的
光明角落

2014　上海

被擄走的夢

半夜不睡覺的人
不歸我管
凌晨三點
馬路上敲磚挖洞的工人
更不歸我管
無辜的睡眠已被拖出來鞭打一頓
其實我也很想拿個什麼空玻璃瓶
回擲一地睡眼惺忪的疲勞

窗外一排光禿禿的梧桐
蕭瑟在寒風中哭訴夜的冷漠
我蜷縮在床上被窩　睡不著
工人勞動在大街上　沒得睡
而在夜的眼裏
其實並無分別

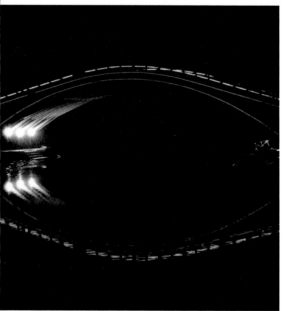

同樣失眠的人
對著星光寂寥的夜色叫板
只不過
有人躺著　有人站著
曙光驅逐了夜
夜劫走了睡眠
而我奪不回被擄走的夢

2014　上海

寫作的晚上

一根菸輕輕地夾在
左手食指和中指的壓迫之間
微彎的筋骨就這樣睡著了

於是一縷沒人看管的煙魂
彎彎曲曲　像一條慌張失神的白蛇
在黑夜裡開始逃竄
牠先爬過木格窗的那扇縫隙
跑到喧囂的十字路口
趁著紅綠燈停車區間
躲進一輛越野吉普車裡
鑽入排氣管
一路揚塵而去

月從山頭升起
曠野隱約有個身影遊走
一戶獵人的小屋
一隻剛剝皮的野兔
細膩的胴體還抽搐著顫動的神經
烤肉架上爆裂的炭火竄出尾音
一隻小龍逃往天空

荒山漫漫
這裡有王維　大漠孤煙直
盛唐日落的晚炊
這樣的夜空　星稀寂寥
只有白樺樹稍上面那團白雲
願意收留一個逃家的小孩
破曉的晨風掀開雲朵的一床被窩
棉絮飛散遠方的同時
逃家的小孩被送回在一個木造的屋頂

咚！脫下一截沒有重量的白蛇蛻皮
四釐米
斷斷續續地蜷縮在桌面
我的頭頂著電腦螢幕
脖子扭曲在清晨五點的時鐘前
醒來
右手夾著昨夜的筆管
一個字也沒寫出來

2014　上海

真相比月色還暗

詩歌是單純的東西
應該讓它遠離政治
那就寫一些愛情
或者　風花雪月吧！

可是　愛情啊！
正在被政治摧毀
鄉下的愛情緊跟在城市的愛情之後
買不起天價的住房
直接否決了愛情的提案
房價比工資跑得太快　太快
廉價的麵包啊！
養不起昂貴的愛情

風　吹過來　那麼沉重
肺部呼出的懸浮粒子太多
看起來像霧又不是霧
花　聞起來　多麼香濃
脈絡裡面的化學激素太多
枯萎的速度勝過你移動的目光
雪　跑去哪裡　沒人知道
但它肯定拒絕一座城市
把它潔白的胴體非禮弄髒

月夜暗淡　天色凝重
一架飛機　無緣無故地
消失在它心虛的領空
發言人鄭重聲明　因為
印度洋月色太暗　導致
一隻小鳥迷失在茫茫的夜空
高明而偉大的演說家啊！
失聯那一夜　真相
比他們宣稱的月色還暗

春天　桃花　梨花　在這個季節
都已被文人寫得帶雨帶火帶淚
人命賤如螻蟻
詩　在印度洋上空
此刻
還能避開什麼題材

2014.3.25　上海　記馬航 MH370 失聯 18 天

越獄者

陰冷的房間
多了一個沉默者
鐵窗一樣緊閉的嘴巴
牆面一樣幽暗的臉色
不知犯了什麼罪
或許一張不合時宜的臉
長著一張逆勢而為的嘴
或許一條拒絕同流合污的血脈
繚繞著許多嶙峋的逆骨

這樣安靜得可怕的世界
開始壓縮
連四面牆壁也逐漸
封閉他的一吐一納
蒼蠅　蚊子　甚至跳蚤
都被撲滅得乾乾淨淨
以免從這裡傳播有害疾病
好像把自己舌頭丟棄似的
連吃飯喝水
沉默者　沒有聲音
再不能交代什麼了
進來之前　他把一切都已交給
風　流水　墨汁和任何
可以自由移動的物體了

沉默者　更沉默了
和空氣一樣的沉默
身體空虛得像　一條
腹中沒有獵物就冬眠的蟒蛇
春暖花開　　沒有醒來

早上　管理員在狹小的地面
清理了一具
扭曲而蛻皮似的乾癟皮囊
據說　他的靈魂
在昨天晚上剛剛越獄

2014　上海

夢之死

於你
因為保留狩獵民族
那種原始亙古的生存恐懼基因
依然強大
不分晝夜總是鎧甲戎裝

於我
節節敗退的農耕文明
只能捨屋棄田
遠走荒野

而我無論如何是寧死不屈的
遺憾的只是來不及撤退的
我的夢啊！
在逃離的途中
當場被你斬殺
支離破碎

2020　新竹

卷四
詩人所見

詩人的派別

有人說
詩人是善良的
他開啟我們的無知與智慧
有人說
詩人是邪惡的
他帶領我們走入夢幻和虛無
有人說
詩人是白天的
他指引我們走向光明
有人說
詩人是黑夜的
他誤導我們墜入深淵

那些徘徊在天堂與地獄
眾多詩人的靈魂
似乎隸屬各種不同的門派
做為詩人
因為包容了
人間的美好與醜陋
對我而言
詩人只有兩派

一派喝酒的
一派不喝酒的
不喝酒的詩人
我讀他們的詩
喝酒的詩人
我想邀他們
每人都來一杯
因為我相信
酒是為詩人而發明

2014　上海

吹脹的氣球如何死亡

吹脹一顆氣球
以小孩來說　很費力
懸在耳際
對大人而言　卻威脅得像一顆炸彈
萬一被引爆
其實炸不死嗡嗡作響的蒼蠅或蚊子
到底裏面裝的是做作的空氣

光怪陸離的詩的年代
堆砌各種華麗詞藻
灌進各式怪異幻想
掛上網路
更像虛張聲勢的流彈
其實頂多是錯亂晦澀的符號
到底裏面裝的是過期的渣滓

解放一首偽詩
猶如鬆開一個吹脹的氣球的死結
噓⋯
像一隻吸食過多花蜜的蝴蝶
在空中胡亂飛舞
幾秒之後
退化成一隻乾癟的毛毛蟲
趴在地面
以一種不雅的姿勢
突然狼狽地死去

2014　上海

站在文明的十字路口

十字路口
路與路的交叉　轉向　前後延伸
車與車的暫停　交匯　背道而馳
人與人的相望　交錯　擦肩而過

紅綠燈在此靜靜佇立
只有顏色　沒有表情
方向
在這交會的當口
只是僵硬的分隔
生與死
在此接觸的瞬間
往往一念之間
車禍　在此的定義為
車與車的碰撞　毀損　拋錨
其實是人與人心中的齟齬

文明的十字路口
東方與西方的對抗　交流　突變
傳統與現代的鄙視　堆疊　創新
道德與價值的捍衛　摧毀　重建
社會制度的號誌
在此靜靜佇立
只有時間變化　沒有說話
它低頭俯瞰著
人與人的衝突　傷亡　流失
或者
暫停　重新聚集　　繼續移動

站在文明的十字路口
張望在人類扛不動的十字架上
前進　　後退　　向左　向右
唯一的選擇是
不能逗留太久
否則　未來
很快會被車裂
並且不知何去何從

2014　上海

每個詩人都有一匹烈馬

詩人大部份的時間
可能不是用來寫詩　而是
用來失眠　或者用來醞釀失眠

失眠或醞釀失眠
胡思亂想　是必要的
這是詩人必要的一匹烈馬
一匹純種無韁的黑色野馬
凡是詩人　都有一匹烈馬

每當黑夜降臨
這匹烈馬等在跟前
多少人興奮難耐地躍上馬背
馳騁在一座無人的高原
曠野上　乘風而行
速度快得連星星和月亮
都來不及打招呼
此時再餵食一點酒精
烈馬便化成一團旋風
有一種只能竊竊私笑
前無古人後無來者的快感
如果在烈馬背上安得了馬鞍和韁繩
你是黑夜真正的騎手
也許可以為你的座騎
取一個優雅的名字　名叫
靈感　或者　了悟

只是駕著這匹野馬
你要奔向何方呢？
做為詩人　　你我心知肚明
最壯闊美麗的風景
當然是在懸崖邊上
這裡只是一線之隔
多少人已經從這歷史的分界點
粉身碎骨
能夠在這裡駕馭一匹烈馬
悠然地欣賞兩邊風光無限
應該只剩數量有限的
從容走回白晝的詩人

2014　上海

金錢是什麼東西？

金錢的實質是什麼？
一疊矩形的彩紙　或
一堆圓形的金屬片
一本打印數字的小冊
或是　電腦伺服器裏
一筆記憶體的數字資訊
不！那只是形體

以物易物的媒介
貝殼　寶石　銅鎳　白銀　黃金
從來只是歷史衍生的金錢別稱
不同的勞力勞心　交換著
每個人認定的等同價值
一個無形的東西必須依附固定的形體
只是因為需求不同而存在

世界每天交換著人與人心中的渴求
眾生如果欲望一致
其實　此乃是多餘的名詞和工具
它不是實體
是一個虛擬體　用來流通
人類慾望落差導致的價值交換

2014　上海

何必封閉一座湖泊

詩人網站
來了許多不同意見的訪客
有人說一些人無法溝通
打算把他們拒之門外
我說　開放吧！
接納正反不同的評論
好比一座湖泊
活水則生機蓬勃
關起門來　死水
是腐敗的開始
那麼　如果有污水注入呢？
你要相信　一座天然湖泊
本身就有過濾和淨化的功能
乾淨的水草裡面　悠游著
各種魚蝦螺蟹
岸邊飄搖著翠綠的枝椏
水面開滿著潔白的花朵
可是　如果有很多人
往裡頭潑髒水呢？
那你要懷疑　這可能就是一座
人工砌成的污水集中池
我說　詩人啊！
何必封閉一座湖泊

2014　上海

詩壇怪獸

統一命題
中國詩壇的一頭怪獸
吐出腥膻的熱氣　等著一口吞噬
各路朝貢隊伍進獻上門的同題詩

詩的命題
乃一首詩與世界的見面禮
是詩人能否精準表達的關鍵
命題　一種創作的基本能力
自己精心設計的一個開場白
是投手主動投出的一顆意志球
是生小孩自己取的名字
是烹製一道靈感的新菜
或者
約會之前自己挑選的衣服

一個語言的禁臠
被事先冷凍的命題
詩人用自己溫熱的身軀來解凍
解完已是凍傷累累
拒吃冷凍食物
殺死統一命題這隻詩壇怪獸吧！
把它好好埋葬
刻一個
同
題
詩
的墓誌銘
讓它永遠安息在歷史的界碑裡吧！
它已擄去了太多詩人自由的靈魂

奔馳吧！　詩人
甩開脖子上的套馬圈
在民族文化的大草原
創造一個鏈接世界的新詞語
為一首新生的詩歌而命名
新鮮
不需要事先冷凍一首詩名

2014　上海

詩壇的墓碑

很多人判詩人已死
替他們立的碑　也凋零了
前去吊祭
帶了一瓶白酒和一束黃菊
看起來有點矯情

墓碑　把這個快要荒蕪的塚園
擠得好像又沒那麼荒涼了
梨花派　下體派　歌德派　朦朧派
浪漫派　幻象派　寫實派　古典派
整齊的佇立著
還有一些字跡斑駁的
分辨不清是哪個派
好像人一多就得分幫成派
其實搞政治也分黨派
就看誰來掌權
何況這邊緣化已然卑微的詩壇呢？

駐足良久　這裡冷清得有點落寞
那些生前的硝煙與撻伐
除了偶有幾隻烏鴉掠空而過
好像也沒人在意了
只不過寒風太凜冽
把不同墓碑墳前祭奠的冥紙
吹向空中

形成一個帶有各種符號的風漩
我從他們的墳前逆風前行
給每人分了一杯酒和一枝菊
望著那個風漩　越捲越遠

天暗下來了
太陽的餘燼　像乾涸很久的血漬
遠方傳來陣陣沙啞的狼嚎
滿地都是亂石如刃
獨自一人　我恐怕有點迷路了
把帽子壓得很低很低
把頸子整個縮在衣領下
踹開腳邊兩旁糾纏的枯草
急著找到一個回家的出口

就這樣跌跌撞撞
一路不停地自忖著
會不會就此葬身荒野
連個墓碑也沒有
因為在詩壇　什麼派
我都不是

2014　上海

註：歌德派（歌功頌德派的簡稱）

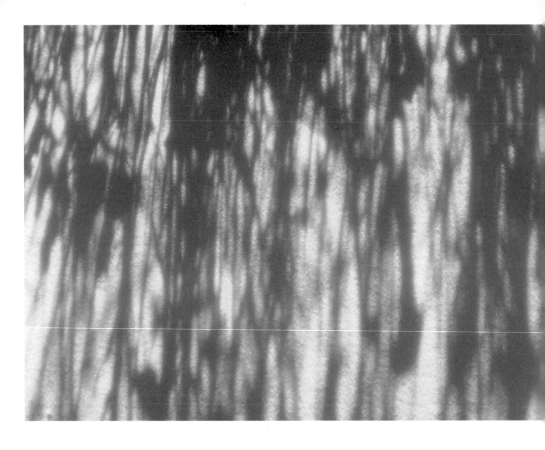

詩的結尾

尚未完成的
一首詩的結尾
入睡之後
就像一隻在黑夜中
到處遊蕩的蚊子
不時在耳邊嗡嗡作響

而這個令人失眠的兇手
你一直在心裡苦思著
如何儘快把它一刀斃命

2014　上海

詩人生而何為

有人問
詩人
可以促進糧食生產嗎？
可以改善城市交通嗎？
可以解決食品安全嗎？
可以增強國防武力嗎？
我低頭沉默
不敢說話

有人問
詩人
可以減少空氣污染嗎？
可以協助經濟發展嗎？
可以普及國民教育嗎？
可以縮短城鄉差距嗎？
我依然低頭沉默
不敢說話

有人問
詩人
可以減少物質欲望嗎？
可以美化自然環境嗎？
可以促進身體健康嗎？
可以提升生活品質嗎？
我更加不敢回答

有人問
詩人
可以促進社會和諧嗎？
可以增進男女感情嗎？
可以提高道德良知嗎？
可以淨化人類心靈嗎？
我是徹底地沉默了

有人問
詩人
可以傳承祖先文化嗎？
可以恢復民族尊嚴嗎？
可以振興歷史光榮嗎？
可以消弭世界戰爭嗎？
我幾乎無地自容了

有人問　那麼
詩人的存在
到底是為了什麼呢？
我沉思了很久　才抬頭說
是的　詩人就是
以上做到時
用慷慨的言語大聲歌頌
以上做不到時
用自由的靈魂嚴厲批判

問題是你得會寫詩
寫得大家看得懂
真誠　精準　優美
而且　畢竟詩人
謹守良心的
寸土之言

2014　上海

誰來定義詩人？

世界上只有詩人
沒有定義　因為自然地
虛無縹緲會是他的標籤
而風花雪月會是他的形象
雖說是人類言語和思維的激進份子
可世界的毀滅和發展好像與他無關
雖說悲春傷秋只道尋常
其實四季的輪迴更容易淹沒自己

然而世界到處充滿著詩人
沒有經過考試
也不知標準在哪裡
是否是一個詩人
也不知要問誰？
問李白　問杜甫
問雪萊　問拜倫
誰能夠給個回答
好像都沒人能回答
只好自己封自己
詩人

2014　於上海

卷五
歷史塵煙

遙遠的征途

那棵胡楊倒在那裡一千年了
倒地的時候　沒說一句話
風吹　日曬　雨淋　又一千年
枯萎的時候　沒說一句話
大漠風沙　湖泊漂移　又過了一千年
腐朽的時候　沒說一句話

寒風呼嘯中的半截樹頭
枕在滾滾黃沙裡
飛累的鷹隼
爪子緊扣在這龜裂的殘軀
向北眺望
已經仔細尋覓過的
蒼茫大漠　除了
沙的飛舞　光的掩映
似乎沒有什麼可以移動的了

征戰的兵馬
駱駝的商隊
已經退出非常遙遠的舞台
孔雀河也早已長眠
無垠無邊的地底
當年一位年邁的將軍
曾經把馬繫在這裡
鎧甲濺滿著落日的殘紅
頭上的散髮和飛揚的馬尾一樣凌亂
凝視遠方的雙眼
宛似那隻飛累的鷹隼依然銳利
昂首佇立於胡楊沉默三千年的面前
他在靜靜地等待　一場
入夜即將吹起的沙塵暴

2014　上海

守城

一座被圍成銅牆鐵壁的城
小鳥飛不進來
老鼠也溜不出去
只要繼續堅持
它就要變成一座死城了

奇怪的是　似乎沒人守城
牆垣上只有一名士兵
看不清面貌
安靜地佇立於高高的城樓
不知圍多久了
烈日烤曬他的面容
狂風刮過他的身軀
明月照映他的鎧甲
大雪覆蓋他的長矛

沒接到命令變更

他沒有任何動靜

繼續忠誠地守著一座高高的城池

守著一個人的城池

終於

守成被歷史遺忘的一尊雕像

2014　上海

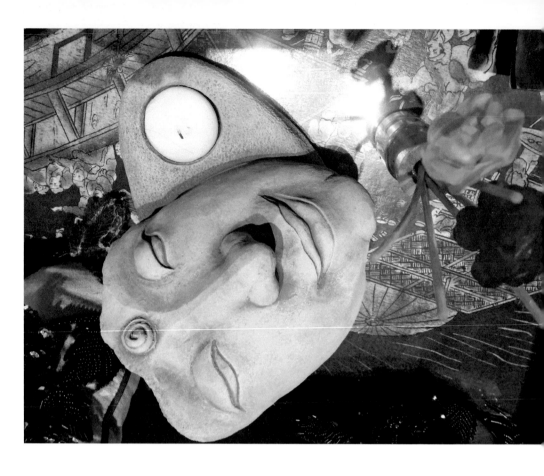

敵人的臉孔

戰爭終於爆發了
戎裝整束在寒冬的黑夜
第一次遠赴前線
心中的熱血奔湧沸騰
而冰凍的國土　是
此刻觸手可及的疆界

沒見過敵人的臉孔
腦中有諸多的揣測
聽說以前一對戰爭的死敵
現在變成利益集團的盟友
而以前曾經並肩作戰的盟友
這時又變成我們的勁敵
過去的一些戰友發達了
舉著人民公僕的招牌
正捲走我們的家當渡洋
似乎又變成了我們的敵人

前方炮火已經響起
準備就要開始接戰
寒氣肅殺得令人顫抖
躲在壕溝裡身體餓得陣陣發冷
沒見過敵人的臉孔
心中有許多胡思亂想
地溝油是不是不耐飢啊！
贗品的棉大衣到底是不耐寒啊！
炮火已經近在眼前落地開花
拂曉的攻擊倒數一觸即發

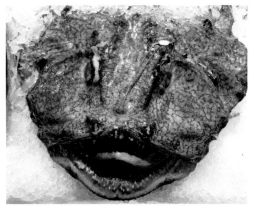

沒見過敵人的臉孔
心裡開始有些沒底
當進攻的號角響起
我躍出蟄伏了一整夜的戰壕
大聲一喝　殺……
接著有幾朵血紅的鮮花
好像爆開在我的胸膛
踉蹌倒地這一刻
才發現　洞穴裡竟蜷縮著許多
還在冬眠的冷血動物

2014　上海

信仰的年代

眾神在千萬年後終於沉默了
斷頭台的祭壇從北到南搭起
純潔的青年雙眼燃燒著怒火
歷史殘留的精魂躲入了地底
秋風如刃揮掃漫天黃葉
這是一個信仰衝突的年代

紅色的號角吹起
群眾的湧動如潮
古典的一切被塗上統一的符號
被踐踏的人倫　血肉模糊
注射過鬥爭激素的身體
各個超越動物的本能
這是一個信仰亢奮的年代

思想的壁壘高築
血脈的淵源在此斬斷
骨髓的成份必須解剖分析
裸身示眾街頭的
不過是靈魂早已出竅的軀殼
而低頭沉默的
是傳統文化拆剩的骨架
這是一個信仰被閹割的年代

春風吹過的土壤已然烈焰炆身
被踐踏的青春從餘燼羸弱爬起
蟄伏的新芽拋開的外殼
沉重而乾癟
世界的巨石從山巔傾覆
沒有退路的餘生
只能一肩扛起
當汗水與血液同溫蒸騰
咬牙忍痛的
是世代流淌的骨氣
這是一個信仰喑啞的年代

垃圾從豪華轎車扔出
小孩在雞毛蒜皮的口角
凌空飛逝
少女的貞操遺失在神聖的學堂
嬰兒被昂貴的化工奶粉拿來實驗
地溝油的廉價
正滋潤著每個人的五臟六腑
大地泣著哀歌
而大眾瑟縮買醉的高價白酒
竟是囂張贗劣的黑色食品
這是一個信仰沉淪的年代

傲慢是赤貧汲取營養後的異形
貪腐是蛀蟻集體無聲的慾望
如果綠葉與樹根劃出一道鴻溝
那麼北風未起　就已
殘紅繽紛
東海的戰雲已經密布
百年的創傷與屈辱
銘刻在每個不甘長眠的墓碑
此時　奸佞的墮落與忠良的崛起相互拉扯
這是一個信仰徘徊的年代

即使千萬年的沉默

眾神的魂魄

依然飄蕩在祖墳不遠的天空

有誰願意謙卑地跪接迎回

迎回這面不堪再受撕扯的龍旗

一個古老歷盡滄桑的國度啊！

用什麼來護衛社稷殿堂的曾經輝煌呢？

覺醒吧！

把民族曾經鋒利而後鏽蝕的寶劍重新挖掘

並且熔融和鍛造

這是一個信仰需要重新打磨的年代

2013　新竹

悼念南京大屠殺

走遍世界
有哪一座城市
曾讓我如此傷痛和悲憫呢！
不是六朝金粉繁華落盡的
秦淮河
不是大明王朝荒煙蔓草的
石頭城
而是一九三七年戰火肆虐的
故國古都

那些遠從大唐帝國渡海留學回去的
遣唐使　馴化不了　海島根深蒂固
千年的野蠻
鋒利的武士刀閃耀的不過是
菊花圖案虛假的文明
九十度鞠躬的禮儀
是用來攔腰斬斷無辜庶民的
殘忍姿態
而乾淨筆挺的軍服　只是
用予掩飾姦殺婦孺的　一塊
骯髒的土黃遮羞布

至於　日出之國的旗幟
應該是那些註定要戰敗的魔鬼
舉著一塊暗喻投降的白布
中心圓圓地重複塗滿著
南京三十萬冤魂的鮮血
然而狡黠無恥的政客
每年都會端出一盤新鮮的謊言
重新粉飾那顆　褪色
依然帶著歷史腥味的太陽

2014　於上海

莽原烈火

是時候了
雜草和藤蔓已經遮蔽了天空
岩石上布滿著碧綠的苔蘚
沒有立足之地
空氣稀薄　光線陰冷
避開雜草匍匐上岩石
馬上又滑了下來

沿著藤蔓攀爬
想要到達樹的頂端　找一個出口
也要付出鮮血的代價
手腳被通往天空一路的荊棘刺破

只能重重地摔落原地
重新淹沒於一個現代文化的莽原
像一頭受傷的野獸
蜷縮在靈魂即將回歸的土丘

是時候了
誰能賜予一場烈火
一場莽原浩劫的烈火
燒盡　寸步難行的歷史誤區
燒盡　虛華呢喃的矯情篇章
燒盡　被名利污染的毛皮
燒盡　被謊言蒙蔽的目光

來吧！
用這骨骸燃燒的一股青煙
找到天空最後的出口
祈求雷公和電母來一場狂風暴雨
用來澆灌　焦裂的赤土與灰燼
以及烈焰炙烤後殘存的活種

來年
還我一塊新生的野地
一座盎然有序的空谷
裡面開始萌生著
盛唐遺留的蒼松翠柏
以及大宋繁衍過的嫣紅花朵
還有　重新投胎的魂魄
吟唱著浴火重生的
現代詩歌

2014　上海

透明版圖

吐著透明的清絲
結一張網
一張我固守的領地
在山巔一棵岩松的枝椏上
這兒視野非常高遠
因為兩面都是鏤空

正面向東俯瞰
腳下太平洋波瀾壯闊
順著這個方向一直往前
遙遠的海上有一座島嶼
那裡住著

許多因戰火而失散的親人
爬到反面往西眺望　山峰連綿
那是一望無際的故國大地

作為蜘蛛　耐心守候於此
渴望在這張網上
粘住一隻島嶼形狀一樣的
小小昆蟲
然而捕獵並非目的
只想尋你回歸
回歸體內成為一種養份
用來繼續吐絲　以便重新修補
一張曾經遭遇外來風吹雨打而破損的版圖

2014　新竹

藍色傷口

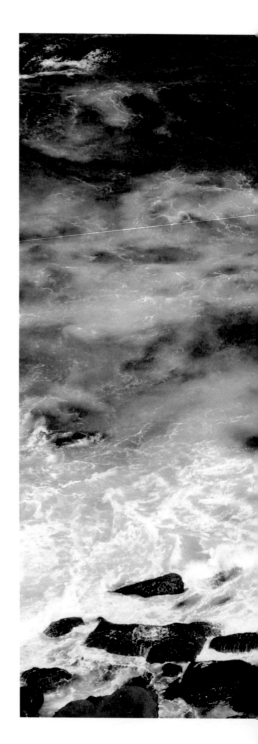

分隔多年之後
我總是乘坐飛機往返兩岸
直接從空中跨越
一道海峽

假如搭船
那一路必是乘風破浪
船首像一把巨大利刃
劃破一片藍色海洋
那是一道　我不願面對的
因甲午戰爭和國共內戰被兩次切開
痛入骨髓的
民族裂縫

可這次我搭船了
海上的風浪和顛簸依舊
只是此回
藉著一個念想來減低疼痛
念想著往返海峽兩岸的每艘船隻
乘風破浪
都像一根一根的手術針
正在上下起伏　穿梭縫合著
一道裂開整整一百二十年的
藍色傷口

2014　新竹

藍鯨

珠穆朗瑪峰從海底隆起
那一刻
滑向大海沉重的一頭藍鯨
沒有母乳足夠哺育
擱淺在離陸地三百公里的海上
身上拍打的巨浪
四周開放百合一樣的花朵

多年之後
荷蘭人從戰船的甲板
跳上它的尾鰭
鄭成功搖旗吶喊
從它的側翼登陸
法國人從它的頭頂
攀爬上岸又滑了回去

劉銘傳深入腹地披荊斬棘
心急如焚地為它
重新戴上家族丟棄的
一條舶來項鍊（註）
北方的浪人在它的脊梁
插滿太陽的旗幟
而四周築起避風港的
青天白日軍隊
來自它滿目瘡痍病痛的母親

藍鯨　一個日夜搏鬥風浪的遊子
疲憊的雙眼
望著遙遠的陸地
全身長滿綠色的海苔與灰白的藤壺
海洋的風浪洶湧無盡

歷史不斷覆蓋的戰亂與文明
複雜又厚重

浮沉水面
歲月無邊
浪花美幻
鹹苦依舊
臍帶的斷裂已過兩個甲子
血脈的依戀和大海的波濤日夜不斷纏鬥
傷痕累累的遊子啊！
怎麼游回母親的懷抱
重新吸上一口母乳

2014　新竹

註：清朝第一條鐵路由英國進口，後因破壞風
水爭議移往台灣，由劉銘傳負責督造修建。

番薯

源自邊陲地域的品種
古代鄉野人家的主食
被丟在灶頭的牆角
登不上富貴甲冑餐桌的地下根莖

台灣　大陸東南海面
懸在太平洋上的一座孤島
遼闊而貧瘠的大地收割後
一只被遺落田野的番薯
那是一道　端不上
慈禧太后面前的點心
也是一八九四年　李鴻章
被迫丟給日本帝國的一塊
燙手山芋

可那不是山芋
而是一只
應該牢牢握在手心的番薯
一只歷經百年風雨
依然皮紅而心黃
當年光緒皇帝　咬著牙攥著拳頭
沒能把它緊緊握在手上的
一顆曾經被迫除去國籍的紅寶石

2014　新竹

父與子的歷史對話

老鍾　六十五歲
拼了一輩子
種田耕地　兼打零工
兒子終於今年要考大學了
晚飯時照例　喝了一杯
五塊錢一瓶的高粱酒
兒啊！　你其他科目還可以
可唯獨這歷史不行
怎麼考得上啊！

爸啊！　你不知道
咱們國家這歷史相當艱難
尤其清朝末年那一段
太多的戰爭　條約　割地　賠款
猶如斷壁殘垣
根本記都記不完
歷史　真是令人痛恨啊！
還有　那麼多無能的祖先
我如果考不上　得怪他們

此刻
老鍾帶著酒意　上火了
左手把剛剛頂在唇上的杯子放下
右手朝桌角大力一拍
兔崽子！　有種你歷史給我記好
將來　學業有成　光宗耀祖
改寫咱老鍾家族的歷史
我也不想一輩子做牛做馬　啊…

爸啊！　您別哭
我會好好記住您的教訓
對歷史有個交代

2014　上海

卷六
夢的遠方

夢的遠方

你來自夢的遠方
一個我從來不曾去過的地方
聽說那裡　環境優美　人民善良
並且食物乾淨
那真是令人好奇的地方啊！
行走在我的國度裡
我怎麼都不曾知道呢？

而我這裡
土地是何等肥沃
你看它添加了
先進科技提煉的金屬元素
流水是何等潔白
你看它比漂白水還白
食物是何等滋腴
你看它添加了
各種創新的香料和營養
甚至
空氣也是何等的感性啊！
你看它移動得有點戀戀不捨

生活如此實實在在
一切都是觸手可及
根本不用做夢　何況
我已經很久都不做夢了
而你來自一個遠方
一個　必須做夢
才能到達的地方

2014　上海

相遇在荒漠的塵世

那隻狼遇著我一天了
烈日下我們都是缺水的
我拄著枯枝權當拐杖
始終保持著固定的距離
當我的影子被拉得越來越長
我知道
彼此的距離就越來越近

落日的速度
懸著兩顆不安的心
兩個影子遂越移越快
此時我們都已飢渴難耐
當落日消失在荒原之際
我知道
彼此的接觸時刻就要降臨

大地一片寂靜
空氣中的喘息是血脈奔湧的速度
我的雙腳已經疲憊得走不動了
而一顆心也拒絕再漂泊
因此只能默默地等待
等待這荒漠塵世唯一的守候者
在我頸上吻開一個靈魂的出口

入夜的藍光灑向草原
月的輪廓如此優美
一對綠寶石的眼神冷光如刃
對著我的軀體
膜拜似地繞圈狂舞
蒼茫天地間發出一陣嗷嘯
好像呼喚一個剛剛消逝的
親密夥伴

2014　上海

過客

待在室內太久
我像一口陰冷生苔的枯井
急需陽光曝曬

行走一條山徑
銀杏樹下
一位樵夫
放下一擔沉甸甸的砍柴
我卻背著一個鬆癟癟的背包
喘吁吁地到處亂竄
感覺彼此體內都乏了
只剩對面一雙黑溜溜的眼神
和我蒼白的臉孔凝視相望

一具疲勞過度的身軀
像一隻馱不動的駱駝
急著卸下一副重擔
尋找水源

一個寫不出句子的人
像一隻饑餓過度的野狗
捧著空虛難耐的胃囊
急著四處狼吞虎嚥

山徑上
小小折扇似的落葉
紛墜出一片燦黃
一頭是前往回家的道路
一頭是踏上流浪的旅程
而我們只是不同方向的
過客

2014　上海

烏鴉的預示

枯樹　　風沙　　慘白散落的石頭
這片死亡之海　　除了一隻烏鴉
荒涼得可怕

剛逃離一座居住多年的城市
我是準備要穿越這片荒漠的
儘管荒漠的盡頭一無所知
而你，烏鴉啊！
似乎已在這裡等我很久了
縱使這是一個孤獨的旅程
我是不用有人做伴的

據說這裡曾經水草豐沛
兩岸楊柳青翠搖曳
只因河流改道變成了死亡之海
而我厭倦了塵世的繁華
想拋掉一顆荒蕪的內心
竟然等在前面的是同一個世界

烏鴉啊！
一身黑得發亮的斗篷
難道是上帝派來的審判者
當你的利爪攀在我頭上
張開的翅膀遮著住了整個天空
我終於明白
一個充滿腐味的身軀
是從一顆荒蕪的心開始

2014　　上海

虛妄

月光　掩映
其實無私
雨露　灑盡
並沒有均霑
天幕低垂
一群野狗的夢裡
分不到足夠的骨頭

白晝的驕陽
穿透在深淺錯落的江心
冰融的裂口
春天流失著跌跌撞撞的
透明肉身

風吹　起伏
沒有單一的速度
譬若山巒
你可能忘了
與生俱來不同的形體

2014　上海

平衡的了悟

一架飛機從空中墜落失事
不管何種故障
它只不過和一隻小鳥飛行一樣
動力不平衡

一艘大船翻覆於大海
不論風浪多大
它只是和人走路跌倒一樣
重心不平衡

馬路上車子相撞出了車禍
不論何種原因
你想快　我想慢　你想停　我想行
速度不平衡

公司行號倒閉　只有原因一條
收入支出不平衡
物價房價漲得市井小民哇哇叫
也只是一個簡單結論
供需不平衡

任何武器引發的爆炸
都是人為把地球上的自然元素
故意集中的一種
能量分布不平衡

世界黨派鬥爭與戰亂交火
也是一個歷史的老問題
資源利益分配不平衡

人為何會生病　簡單說
體內　酸鹼不平衡以及
溫度濕度不平衡
外來病毒不管來自植物或是動物
歸根究底也是人類和其他生物
對地球資源爭奪的不平衡

男人女人吵架
從性別上而言是
陰陽不平衡
從本質上而論到底是
感情不平衡
菜做得很難吃
連三歲小孩都可以感覺
酸甜苦辣鹹不平衡

泡了一杯綠茶
坐在陽台眺望遠山迷濛
好像隱約看到老子的身影
騎著青牛從函谷關回來
對我揮手示意別忘了喝茶
我看了茶　點頭喝了一口
嗯！　好茶
時間溫度剛剛好
苦味甘味剛剛好
萬物一道很平衡

2014　於新竹

登山者

步行到此　是為了遠離
人間虛假的一切

虛假的口號與詩文
一定來自虛假的靈魂
虛假的靈魂複製著虛假的文明
虛假的文明裡
一顆雞蛋　一瓶醬油　一杯飲水　甚至
一坨空氣　盡是虛假

這裡一定不是人類的管轄範圍了
你看一切都是那麼真實
小草汲著乾淨的雨珠
幼鹿吮著清澈的河水
蝴蝶舐著甘甜的花露
而蒼松依戀著潔白的雲朵
真實得令人懷疑
這一切是否又是虛假

攀沿至此　是為了找回
世人迷失的一切
迷失的倫禮與價值
無力地支撐著迷失的社會與國度
而迷失的國度裡
人與人的信任是多麼脆弱

這裡一定有什麼是值得找回的
你看一切都是那麼有秩序
青草覆蓋著土壤
石頭鞏固著大樹
陽光照耀著花朵
溪流環抱著群峰
而清爽的山風吹遍每個角落
有秩序得令人懷疑
自己是否也已迷失

爬高至此
雲海如濤　縹緲虛無
再也聽不到人間的雜音
卻也看不到回去的道路

終於登頂
站上制高點的一塊岩石上
四周白雪皚皚　山脈連綿
極目天地　此刻
人不過是
北風吹落雪松的一朵冰花
對著　東　南　西　北
我一一頂禮膜拜
頭上盤旋著一隻
山神遣來的蒼鷹
示意著我下山的方向
鳴聲在空中迴盪著……

登山者啊！
放逐自己
抬高自己　尋找自己
降低自己
回歸自己

2014　上海

盡頭

白天走到了盡頭是黑夜
黑夜走到了盡頭又是白天
陸地走到了盡頭是海洋
海洋走到了盡頭又是陸地

可我聽說　宇宙裡
星球走到了盡頭是黑洞
而一旦走進了黑洞
就回不了頭了
這是否意味著
實體走到了盡頭是虛無
而一旦走進了虛無
就再也回不來了

如果人是實體
而愛情是虛無
那麼人一旦走進了愛情
是否再也無法回頭了？

2014　新竹

死亡的方式

曇花的選擇
是一夜一襲幽暗的月色
悄悄地開放
悄悄地凋謝

櫻花的選擇
是一周一片山林的春風
鋪天蓋地地放肆華年
毫不眷戀過往的顏彩

夏蟬的選擇
是一季一棵參天大樹的
大鳴大放
蟄伏地裡十八年後
聲嘶力竭地回歸大地

李白的選擇
是一生一代繁華盛世的文采
是杜甫筆下
「興酣落筆搖五嶽，詩成笑傲凌滄洲。」的詩魂
於當塗採石磯的渡口
穿越蘇東坡 < 赤壁懷古 > 的風格
把自己
一樽還酹江月

2014　新竹

學習仰視天空

上帝
唯一做過公平的一件事
只剩分配萬物
一天二十四小時
不分貧富貴賤

然而
無聊的人嫌多
野心的人嫌少
失意的人嫌長
戀愛的人嫌短

小鳥把時間花在飛翔
魚兒把時間花在游水
蜜蜂把時間花在採集
駿馬把時間花在奔跑
聰明的人啊！
你把時間花在哪裡？

埋首讀書　工作　事業　金錢　名利
我們追逐在世界所有忙碌的角落
遺忘青山　白雲　日升　月落
初心消失在遙遠的天邊
或許中年像一顆流星的墜逝
才猛然驚覺
歲月被壓縮在一個隱蔽而幽微的密室裡
蓄滿著青春的餿味和理想的殘渣
低頭看見　盡是腐朽

從那一天起
我才破繭而出　並且
學習仰視天空

2014　上海

回頭看見自己

駕機者
獨自開著私人小飛機　在空中
拿著望眼鏡往下俯瞰
下面一條公路　一個人
開著和自己剛剛上飛機前
一模一樣的車子

車子的後面有一個人騎著機車
機車後面有一個人騎著腳踏車
腳踏車後面有一個行走的路人
路人後面有一個殘障者推著輪椅
輪椅後面有一個手腳殘缺的人
像一隻蠕動的蛆蟲
沿著地面緩慢地爬行
爬行經過路旁一片荒涼的墳塋
許多墓碑已辨識不出主人的名字
更遠處　還散落一地灰白的骨骸

駕機者心頭一陣寒顫之時
正好遇上一股強風亂流
飛機墜毀在無人的林野
意識恢復時　發現自己躺在
方才那片骨骸之中

臨死時　猛然驚見許多墓碑
淹沒於荒煙蔓草之中
其中一塊　刻著
自己的名字

2014　上海

卷七
流年靜好

童心

小不點　兩歲　八十三釐米
姥姥牽著她的小手
在小區花園漫步
碰到鄰居晨練的爺爺
牽著一隻長滿鬍鬚的小狗
姥姥指著鄰居跟小不點說
叫爺爺
小不點很興奮
望著和自己身高相仿的小狗說
爺爺……　爺爺好……

回家吃午飯
媽媽炒了一盤西蘭花

小不點指著西蘭花對媽媽說

媽媽　我要吃一棵樹

小不點最喜歡吃胡蘿蔔

沒人知道原因

但我們知道她的生肖屬兔

飯後　小不點把二只香蕉疊在一起

大叫著說　彩虹　彩虹

小不點畫畫　喜歡畫大海

大家都看不懂

只知道她是巨蟹座

小玻璃缸裡　養了一隻小金魚

小不點把香皂丟入魚缸　說

小金魚　我們洗澡澡

晚上睡覺時　爸爸說

小貓睡覺了　小狗睡覺了　小豬睡覺了

大家都睡覺了　媽媽說

太陽睡覺了　月亮睡覺了　星星睡覺了

我們也要睡覺了　小不點說

空調睡覺了　鬧鐘睡覺了　檯燈睡覺了

小不點要睡覺了

2014　上海

聽見一種聲音

有個朋友抽了一輩子的煙
突然戒了
大家都對他的毅力
無比好奇和佩服
他說突然有一天
天外飛來一陣聲音　醍醐灌頂
宣告他服刑已經期滿
從此不用再受煙刑的禁錮

另外一個朋友喝了三十年的酒
也突然不喝了

大夥都是驚訝加懷疑
他說有一次酒醉
一直無法醒來
隱約有個人在他耳邊　悄悄地說
此生你的預算已經用完
今後再也沒有任何配額
他點頭同意才恍然驚醒

年輕時幾乎無肉不歡
最近開始餐餐大量蔬菜
甚至穀物　雜糧　根莖　果實
以及花朵　香草　各種海菜和種子
幾乎無所不吃
可能從前體內已吞噬了太多動物
最近胃腸老是呼聲四起
雞　鴨　鵝　豬　牛　羊
集體向我要求
需要一座天然牧場
魚　蝦　蟹　貝　螺
一致對我表達
渴望一汪乾淨的海洋

2014　上海

私心

從地球一個橫切面
一眼看去　春天
我已關注了太多的事件

金正恩開始掌權
大都會籠罩有毒霧霾
禽流感威脅減緩
釣魚島爭議升溫
貪腐的老虎蒼蠅一起落馬
房地產跌價出現警訊
金價大跌　股市疲軟
昆明車站暴力流血
幼兒園強喂病毒靈
馬航客機失聯
克里米亞脫烏入俄
學生霸占立法院

而我的　生活瑣碎
玻璃窗裂痕未修
百葉簾鬆落沒固定
蔬果攪碎機零件遺失
檯燈壞了等待更新
排水道堵塞時好時壞
長褲拉鏈需要縫補
小朋友感冒流著鼻涕

可是　週末
我不想再研究這個地球
也不想再理會生活瑣碎
只想關心　早上的咖啡
香氣和研磨之間的關聯
只想看看露台的雛菊
在午後綻放的姿態
或者　瀏覽一下博客
哪個詩人發表了什麼風花雪月
洗澡的當下
順便按摩眼角的皺紋
睡覺的時候
靜靜地想著鯨魚躍水　或者
天馬行空
至於　夜深人靜之後
接下來的私心
你們不用知道

2014　上海

樹葬

你若問我死了以後
要如何料理後事
其實生前大家都夠累的
就不要讓一夥人太忙碌了

土葬可能不適合
應該留一些地給後人耕種
畢竟這輩子喝了那麼多酒
已經比別人消耗過多的
糧食和果實

海葬恐怕也不適合
一生闖南走北
海水總是帶點憂鬱和漂泊
至於生意應酬的場合
吃掉那麼多的魚翅　鮑魚和海參
雖說不全是個人本意
海神對於貪婪的掠食者
應該不表歡迎

火葬還是有些缺陷的
浪費能源不算
還得勞師動眾
到山裡挖一塊大理石
請工匠造一個骨灰罈
上面鑿刻著自己過時的名字

那就樹葬吧！
之前　總是一邊抽煙一邊寫作
污染了地球幾十年空氣
出版了幾本詩集
可能也砍掉了不少造紙的大樹

就找一小塊空地
種一棵小樹
可以　依循四時的輪迴
飲春時的雨露
沐夏日的陽光
映秋天的明月
掛冬季的白雪
最好是梧桐
骨灰就埋在樹下
長大後　除了淨化環境
可以留給鳳凰棲息
或者　自己乘涼

2014　上海

秋老虎

秋天的尾巴
為什麼被稱為老虎
這個問題令人浮躁疑惑
難道落葉是你全身掉落的斑斕色彩
哦！那還不夠
難道狂風是你嘴巴呼出的撼山吼聲
哦！那還不夠
難道枯枝是你利爪撩刮樹木之後剩下的軀幹
哦！那還不夠
難道滿地的白霜是你匍匐地上的銀鬚燦燦
哦！那還不夠
難道曠野的燥熱是你食獸太多造成的腥羶風騷
哦！如果那還不夠
那就是你老虎本身的堅持了
堅持翹著一根金黃色毛茸茸的尾巴
忐忑不安地來回踱步固守你的領地
哈！哈！我終於聽出來了
堂堂萬獸之王
這個季節
你在此時不停地怒吼
似乎一直在警告雪地的北極熊
不要靠近

2020　新竹

素面相見

不再吟弄風月
不再包裹華麗外衣
從今天起
褪掉毛髮的染色
卸下一釐米的假睫毛
脫掉三吋高跟鞋
紅磚路上　訓練自己的肺活量
多了一分底氣　下筆有力

毛尖的泡法　八十五度C
沸騰的霸氣
會抹煞了春天的本真
過度就變苦了
我們總歸是要相見的
各款的面具
已經被我束之高閣

愛上了老莊麵
晚上　清水下白麵
加了一點鹽巴和蔥白
在一盤白子包抄之中
對弈突圍
撒了一把胡椒粒
已經吃了只剩幾顆黑子
肚子感覺還是饑餓
胃囊之外應該還有一口
尚未填飽的精神糧倉

此刻　我的白髮蒼茫
儼如浮雲繚繞青山
倘若能把過往拉回初遇的開端
你我　相識也好
不識也罷
寧願我們彼此
素面相見

2014　上海

註：毛尖為綠茶的一種

蘭嶼飛魚祭

三月　黑潮向北
我追逐一股流動湧向島嶼
一座曾經開滿蘭花的島嶼
體內　整個冬季聚積的激素
隨著春天開始發酵了
這小島　尤其男人
每個都想張開一雙翅膀
飛越這片藍色波濤
穿著丁字褲　乘著雕飾彩繪之舟
點著蘆葦火把　唱著歌
探尋此夜我們乘風縱躍的身影

趁這星空　也是海水一樣的顏色
我們暫且並行飛舞吧！
既然　滄海相逢
就來比一比勇士的速度
鬼頭刀已遠遠落後
落在遠遠泛著銀色月光的浪裡
可惜　姑娘不能上船
不能上船為我們甩髮吶喊
而我們終將會在海洋的某處碰頭
也許就在海溝那道狹長的灣渠

是的　如你早已渴望
我在這個季節　是百合般出水的模樣
此刻　晨曦散成萬點金光

灑在我們彼此汗珠如串的額前
岸邊　已經祭拜過後的姑娘
等在那裡
風中　竹竿上高照的豔陽
等在那裡
等著我們——淨身過後
仔細塗上秋霜般明亮的晶鹽
並像鞦韆　映著落日霞光
在珊瑚岩的棚架下　整齊排列
透過　一雙雙鏤空的眼眸和
一對對飛翔的翅膀　飄曳在
橘色花貓覬覦的視線下　以及
無盡波濤的湛藍裡

2013　于新竹　遊蘭嶼後作

註：每年三月至六月是蘭嶼的飛魚季，島上的達悟族男人開始夜航捕捉飛魚及鬼頭
刀魚，飛魚翅膀長如魚身，縱躍海面有如飛翔。達悟族女人擅長一種甩髮舞，長髮
舞動吶喊震撼，女人不能上船此乃禁忌。男女分工，男人捕捉上岸的漁獲簡單整理
後，交由女人宰殺去眼並抹鹽後日曬風乾，而飛魚成為蘭嶼島上重要的食物來源。

蟬鳴

蟄伏地底十八年後
貼在一棵高松樹梢
睥睨青空如洗
在此向全世界明志
請聆聽我以下的訴求

鳥雀停止聊天
白雲停止遠行
溪流停止奔跑
清風停止流浪
地球停止轉動
穹蒼停止變化
而宇宙回歸一個完全靜寞的虛無

直到一粒松果從虛無偶然彈落
我才開始嘶聲
回應命運的輪迴
而宇宙得以恢復運行

於是
山巔划過流雲
溪谷淙淙逶迤
風葉籟籟而來
蟲蟻在林野窸窸窣窣
花開花落的聲音
才又在耳邊清晰響起

2020 新竹

花開的時候

昔日
花開的時候
總喜歡一起席地喝著青茶
而伯勞鳥跳躍江南的枝頭
放聲閒聊著北方的往事
此刻　小窗
是白色的薄紗隔著遙遠的天空
而我想和妳說說
海棠一生繽紛的逸事
蟲蛀的樹幹
令人擔心即將到來的繁華
小狗嗅聞草地的模樣
應該照舊呆萌

放肆的雜草

一度霸占了前庭

因而我刻意扶持蒲公英

前來分庭抗禮

三月到了它會澄黃而明亮

其實我也沒那麼在意花開的當下

倒是期望春風不要太急

能把一顆顆雪白的小繡球

留給小孩來吹拂

她是那麼夢想　隨著

飛揚的星星一塊去旅行

今年

花開的時候

是新冠病毒的高潮

天地萬物

只能躡手躡腳並且緘默不語

被禁錮的春天

在落花漫漫的路上

和我隔著一灣海峽藍藍的距離

2020　新竹

拒絕

無論如何
我是拒絕饑餓的
就像胃囊　不能
沒有食物　沒有米粒
即便是清水也不能沒有一滴

無論如何
我是拒絕空白的
就像天空　不能
沒有日月星辰　沒有彩霞
即便是烏雲或流星也不能沒有一束

無論如何
我是拒絕缺席的
就像季節　不能
沒有春天　沒有花開
即便是卑微的蓬蒿也不能沒有一株

無論如何
我是拒絕虛無的
就像我的心靈　不能
沒有情慾　沒有愛恨
即便是苦難的念想也不能沒有一絲

無論如何
我是拒絕妥協的
就像我的生活　不能
沒有酒　沒有詩　沒有回憶
即便是年華的末日也不能沒有一項

反正我從頭到尾是徹底拒絕的　拒絕
一片空白

2020　新竹

西瓜

每次來迎接我的必是一把
和身高一樣的長刀
刷的一聲　攔腰砍來
一刀兩斷
接下來登場的是
各種造型火氣旺盛的嗜血大嘴
左右夾擊
而最不能原諒的是
諸位暴君
一陣狼吞虎嚥之後
還對著我的後代
呸！　呸！　呸！

2019　蘇州

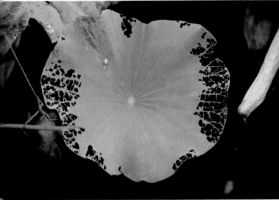

愛情

愛情來了
在初春的枝頭跳躍
在庭苑的花間追逐
在藍天的草原廝磨
在月光的荷塘歌唱

愛情停了
在晚秋的山谷飄零
在白雪的曠野呼嘯
在落雨的窗前低泣
在暮色的湖岸徘徊

愛情走了
沿著指縫滑過
寂靜地消失在
昨日一條布滿荊棘的路上
沒有告別

愛情死了
在遙遠的陌口
沒人追悼
聽說被悄悄地埋葬
在我們再也不曾翻閱的夢裡

2019　蘇州

愛的占有

愛　囚兩個人在一艘小船
管它外頭是一片白茫茫的浪濤
盡情地享用這倉底的食物和美酒
季節的風自會帶領前行
前去尋找星斗的方向

準備的地圖原是詳細測繪的座標
生鏽的羅盤如今一同丟棄甲板
女人堅持在床頭的矮櫃
要有一束紫羅蘭和貝殼
一如檣帆上升起的占領者旗幟
幽藍的月光疲倦地褪去
遠行的小船終於靠岸

不必再像青年水手
忙著下次啟航
走過柔軟的沙岸
沒有理會掠空而過的海鷗
喧嘩嘲笑
我已是一隻受馴的老狗
被牢牢拴在一個遙遠的碼頭

2020　新竹

言語暴力

起初
閒聊的時候
只是天色有些詭譎怪異
接著　有些陳年舊事
總在毫無預警的當空
像秋風橫掃而來
假如火氣悶得更旺
一地不知怎麼辯駁的腐葉
便被烤問得乾癟而脆弱
於是暴跳如雷的怒吼一轟
一顆毫無防備的心便應聲而碎

最後
烏雲罩頂　鋪天蓋地
滔滔不絕的數落於山巔
飛瀑直下
首當其衝的
彷彿是一隻呆立過久的公雞
在水花四濺中凝固成化石
我是那無辜潭中偶然頂起的一塊禿岩

2020　新竹

拉鏈

從下襬到肚臍
從腰線到肩胛骨
永遠是嚴格進出管制的一條山徑
你有算過我們要一起經歷多少坎坷和攀爬才能到達嗎？

共同守著一個封閉的世界
靜默而黑暗
外面鳥雀的囂騷和繁花的紛亂
與我們無關
甚至更迭的晨風和暮雨
都不曾知曉

也許擁抱得太緊
有時也覺得熱氣燠悶　汗水滲透
想出來透透氣或者曬曬陽光
卻發現一直緊緊摟著對方太久
以至於彼此分離這一刻
總要發出一陣　唰……
從崖頂滑落山谷的痛苦叫聲

2020　新竹

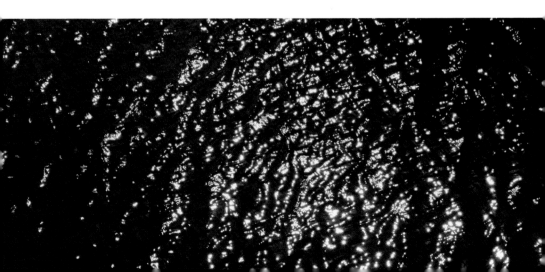

人到六十

盲目闖蕩的江湖
已經看不到路了
攜帶的乾糧
需要小心打包
以便迎對未來的風雨

那些風花雪月　酒與女人
以及狂傲的昨日
只能躲在幽暗的被窩裡
掩嘴竊笑
而年輕的傷口
在蒼老的樹頭
是一隻被琥珀光滑包裹的
透明小蟲

終於可以把馬繫在原野的
一棵白樺樹下
低頭吃草
有些城裡無聊的話題
像月升日落一樣　輪番更迭
而我所關注的世界
只是卵石上面攀爬的螞蟻
以及銅鈴花上滾動的露珠

處在天涯一隅
很久沒有看海
晚上八點的電視裡
龍王殿內深邃無垠
而水晶宮裡
魚貫浮出的政客和名嘴
人到六十
興風作浪
才要開始

不過這無所謂
桌前的威士忌
我已準備好
先替全身消毒
再麻痺自己
然後一飲而盡
這冰火交融
噼哩啪啦的
荒謬世界

2020　新竹

楊塵攝影集（1）

我的攝影之路：用光作畫

慢慢自己才發現，原來虛實交錯之間存在一種曼妙的美感……

楊塵攝影集（2）

歲月走過的痕跡

用快門紀錄歲月走過的痕跡，生命的記憶又重新倒帶。

楊塵攝影文集（1）

石之語

有時我和那石頭一樣堅硬，但柔軟的內心裡，想要表達的皆已化成了石頭無盡的言語。

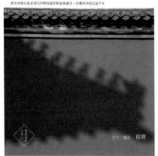

楊塵攝影文集（2）

歷史的輝煌與滄桑：北京帝都攝影文集

歷史曾經在此走過它的輝煌盛世和滄桑歲月，而驀然回首已是千年。

楊塵攝影文集（3）

歷史的凝視與回眸：西安帝都攝影文集

歷史曾經在此凝視它的輝煌盛世，而回眸一瞥已是千年。

楊塵攝影文集（4）

花之語

花不能語，她無言地訴說心中的話語；人能言，卻埋藏著許多花開花落的心事。

楊塵攝影文集（5）

天邊的雲彩：世界名人經典語錄

幻化無窮的雲彩攝影搭配世界名人經典語錄，人世的飄渺自此變得從容。

楊塵攝影文集（6）

攝影旅途的奇妙際遇

攝影的旅途上，遇到很多人生難得的際遇，那些奇妙的際遇充滿各種驚豔、快樂、感動和憂傷。

楊塵私人廚房（1）

我愛沙拉

熟男主廚的 147 道輕食料理，一起迎接健康、自然、美味的無負擔新生活。

楊塵私人廚房（2）

家庭早餐和下午茶

熟男私房料理 148 道西式輕食，歡聚、聯誼不可或缺的美食小點！

楊塵私人廚房（3）

家庭西餐

熟男主廚私房巨獻，經典與創意調和的 147 道西餐！

楊塵生活美學（1）

峰迴路轉

以文字和照片共譜的生命感言，告訴我們原來生活也可以這麼美！

楊塵生活美學（2）
我的香草花園和香草料理
好看、好吃、好栽培！輕鬆掌握「成功養好香草」、「完美搭配料理」的生活美學！

吃遍東西隨手拍（1）
吃貨的美食世界
一面玩，一面吃，一面拍，將美食幸福傳遞給生命中的每個人！

走遍南北隨手拍（1）
凡塵手記
歌詠風華必以璀璨的青春，一本用手機紀錄生活的攝影小品。

楊塵詩集（1）
紅塵如歌
詩歌源於生活，在工作與遊歷中寫詩和拍照，原本時空交錯而各不相干，後來卻驚覺元素一致或者意境重疊，作者回首這些歲月留下的印記，發現人生的歡樂與憂愁其實就是一首詩。

楊塵詩集（2）
莽原烈火
詩就是心中言語，作者把在現代社會所歷經的現實和當下庶民生活工作的情景，以直白的詩語表達了心中熱烈的情感，詩人有話要説，他是那種和吃飯喝茶一樣，不寫詩便會飢渴的那種人。

作 者 簡 介

楊塵（本名楊文智，英文名Jack）

　　臺灣科技大學電子工程系畢業，曾從事於臺灣的半導體和液晶顯示器科技產業，先後任職聯華電子、茂矽電子、聯友光電、友達光電和群創光電等科技公司。

　　緣於青年時期對文學、歷史和攝影的熱情，離開科技職場之後曾自行創業，經營過月光流域葡萄酒坊和港式飲茶餐廳。現為自由作家，主要從事攝影、散文、詩集、旅遊札記、生活美學、創意料理和美食評論等專題創作。

國家圖書館出版品預行編目資料

莽原烈火/楊塵攝影.文. --初版.--新竹縣竹北市：
楊塵文創工作室，2021.09
　　面；　公分.──（楊塵詩集；2）
ISBN 978-986-99273-5-2（精裝）
詩集
863.51　　　　　　　　　　110011921

楊塵詩集（02）

莽原烈火

作　　者　楊塵
校　　對　楊塵
特約設計　白淑麗
攝　　影　楊塵
發 行 人　張輝潭
出版發行　白象文化事業有限公司
　　　　　412台中市大里區科技路1號8樓之2（台中軟體園區）
　　　　　出版專線：（04）2496-5995　　傳真：（04）2496-9901
　　　　　401台中市東區和平街228巷44號（經銷部）
　　　　　購書專線：（04）2220-8589　　傳真：（04）2220-8505
專案主編　水邊
出版編印　林榮威、陳逸儒、黃麗穎、水邊、陳婷、李婕
設計創意　張禮南、何佳諠
經銷推廣　李莉吟、莊博亞、劉育姍、李如玉
紀企劃　　張輝潭、徐錦淳、黃姿虹、廖書湘
營運管理　林金郎、曾千熏
印　　刷　基盛印刷工場
初版一刷　2021年9月
定　　價　400元

白象文化　印書小舖　出版・經銷・宣傳・設計
www.ElephantWhite.com.tw　PressStore出版殿堂　f 自費出版的領導者　購書 白象文化生活館